「……馬鹿だな、君は」
「涙は、嬉《うれ》しいときにも出るんだ」

リネット
ローズ
ギルティア

ヘリオロープ
ユースティア
サーシャ

「やっと――捕まえたぞ、ローズ。
もう君にだけ背負わせない。
君が背負うものは、俺も背負う」
「……はい」

悪役聖女のやり直し
Akuyakuseijo no Yarinaoshi
～冤罪で処刑された聖女は推しの英雄を救うために我慢をやめます～
Presented by Mi Yamaya
山夜みい
illust. woonak

Contents

［イラスト］woonak
［デザイン］百足屋ユウコ＋フクシマナオ（ムシカゴグラフィクス）

序章　悪女の華

「これより『稀代《きたい》の大悪女』ローズ・スノウの公開処刑を始める‼」

りんごん、りんごん、と。鐘の音が鳴り響きます。

断頭台の上で跪《ひざまず》きながら空を仰ぐと、暗雲が唸《うな》りをあげました。

ぽつぽつと、残酷なまでに打ち付ける雨粒がわたしから体温を奪っていきます。

……あぁ、どうしてこうなったんでしたっけ。

鐘の音に負けない妄信的な叫びを、わたしは他人事《ひとごと》のように聞きます。

「聖女を名乗る売女《ばいた》を殺せ――！」

「連合軍を裏切った女に惨《むご》たらしい死を！」

「何が聖女だ、何が祝福だ、全部テメェのせいじゃねぇか！」

断頭台を囲む人々の叫びに、わたしは空笑いを浮かべました。

何も知らないのに好き勝手言ってくれますね。

会ったこともない人たちの言葉ですが、なかなか胸に来るものがありますよ。

わたしは――わたしたちは、こんな人たちを救うために頑張ってきたのか、と。

「ローズ・スノウ。何か言い残すことはあるか」

「……大教皇」

わたしはゆっくりと顔を上げます。

長ったらしい司祭服を着た男がわたしを侮蔑の目で見ていました。

「わたしは何もやっていません。すべて嵌《は》められたことです」

「まだ罪を認めぬか。貴様が魔族と通じていたことは周知の事実なのだぞ」

「それはわたしではありません」

「では誰だというのだ」

「恐れながら、大教皇。あなたの横にいる大聖女ですよ」

「……っ」

わたしと同じ服を着た女が蒼褪《あおざ》めた顔で口元を手で覆いました。

ショックを受けているように見えますが、嘘《うそ》なのは一目瞭然です。

頬の筋肉をぴくぴくと痙攣《けいれん》させながら彼女は首を横に振りました。

「お姉様、お見苦しい真似《まね》をなさらないで」

「ユースティア。どの口でそんなことを言うのですか」

「あぁお姉様、長年のお役目で頭がおかしくなってしまわれたのですね……！」

頭がおかしいのはあなたのほうでは？

「はぁ」

これでも、昔はわたしの後ろをついてくる可愛《かわい》い女の子だったんですけどね。

大聖女の後釜としてわたしが知る限りのことを教えたつもりでした。

ええ、お姉様と呼ばれてまんざらでもありませんでしたよ。

違和感を覚えたのはわたしが彼女に大聖女の座を譲ってからです。

教会の雑務を担当していたわたしの仕事量が若干増えていました。

なまじわたしは仕事ができる女でしたから、当時は気づかなかったのです。

ユースティアがわたしに仕事を押し付けていると分かったときには全部手遅れで、教会中に根回しを済ませた彼女は他の聖女たちの仕事もわたしに振るようになりました。

本来は二十人がかりでやる仕事を一人でやるようになったので、睡眠時間は二時間です。

食事は一日に二回。乾いたパンと冷たいスープだけ。

もちろん反抗はしてみましたけど、この子はずる賢く、わたしの周りを自分の手先で固めていました。これが先代大聖女に対する扱いなのかと言いたくなるほどですよ、まったく。

「ねぇユースティア。どうしてわたしにあんなことをしたんですか？」

「私《わたくし》は、戦場に出ないお姉様のためを思って……！」

「よく言いますよ」

確かに、わたしは神聖術の使いすぎがたたって耐用年数が過ぎていました。神聖術もまともに使えず、来る日も来る日も雑用や掃除、膨大《ぼうだい》な書類を処理していく日々。二年前から前線に出ていませんし、戦場で働く聖女のように怪我人《けがにん》の治療や防衛戦にも参加はしていませんでしたが――

そんなわたしを追放し、前線で働かせた挙げ句、今さら呼び戻して冤罪《えんざい》を着せるなんて。

「はは……あははっ、あっはははははははははははは!!」

もう笑いがこみ上げて止まらなくて、わたしは哄笑《こうしょう》しました。

広場の人々は不気味なものを見るような目になって静まり返ります。

「愚かしい。まったくもって度し難いですね。これだから人間は愚かなのです」

「は?」と額に青筋を浮かべたカモに狙いを定めてわたしは顔を動かしました。

「あなたたちは騙《だま》されているのですよ。この女にね」

「なにを……」

「人類を裏切ったのは大聖女ユースティアです。ねぇ、不思議に思いませんか? 先代大聖女のわたしがなぜ人類を裏切らなければいけないんです? 動機がないじゃないですか」

わたしの語りかけに民衆たちは顔を見合わせ始めました。

「ならばなぜわたしが処刑されようとしているのか――簡単です。後ろの二人がわたしに冤罪をかけているのです。ユースティアと大教皇こそ裏切り者と協力して第八魔王の侵入を許し、王都の街を崩壊させた主犯。彼らは自分の罪を隠すためにわたしを殺そうとしているのですよ」

静かに語りかけると、民衆たちは何か感じるものがあったようですね。

現役時代、わたしがどれだけ人類に貢献したのか思い出したのでしょう。

次々とざわめきが広がります。そして彼らも、この処刑に疑問を抱いて――

「「ぎゃーっははははははははははははははは！」」

疑問を抱いて――欲しかったんですけどね……。

愚かな民衆たちは真実を見極めず、ただ与えられた情報を妄信します。

そして死の間際のわたしを嘲笑《あざわら》うかのように腹を抱え、指を差して叫ぶのです。

「馬鹿じゃねぇの！　大教皇様が俺らを裏切る訳ねぇじゃん！」

「太陽神アウラを崇敬する教会は魔族と敵対している。もう何千年も前から！」

「ずっと聖女を見出《みいだ》して希望《 》をくれる彼らを馬鹿にするな！　嘘つきはお前だ、クソ聖女――！」

――本当のことを言っているのに、なぜ誰も信じてくれないのでしょう？

――少し考えれば分かることなのに、なんで自分の頭で考えようとしないのですか？

胸がむかむかします。思いのほかショックを受けている自分がいました。

がん、と何かがわたしの頭を打ちました。これは……石ですね。石が投げられています。

「お馬鹿なお姉様」

わたしの頭上から、悪魔の囁《ささや》きが耳朶《じだ》を打ちました。

「あなたなんかを信じる者なんて、この場には誰一人いないのに」

「ユース……」

「ねぇ。愚かで愛《いと》しいお姉様。あたしの代わりに死んで？」

「……っ」

ユースティアのほうに振り向いたと同時に、わたしは断頭台に頭を押し付けられました。

ぐわんぐわんと視界が揺れます。首に枷《かせ》を嵌められ、手足の鎖がじゃらんと鳴りました。

その間にも、聞くに堪えない罵声がわたしを責め立てています。

ぷちん、と張りつめていた糸が切れた気がしました。

……あぁ、もういいか。

なんだか、馬鹿らしくなってきました。

わたし、こんな人たちを救うために頑張ってきたんですね。

結局彼らは悪者が誰でもいいのです。自分たちを慰められれば、それで。

王都から魔族を追い払ったばかりだというのに、本当に何をやってるんでしょう……。

「さようなら、お姉様。せいぜい来世では楽しんでくださいね」

来世？　来世なんてないですよ。聖女《人間》は死んだらそこでおしまいです。

本当に来世なんてものがあるなら……むしろ、過去に戻ってやり直したい。

聖女なんてやめて、わたしを嵌めた奴《やつ》らを酷《ひど》い目に遭わせて。

嫌なことは嫌と拒否して、好きなことは全力で楽しむような生活が望ましいです。

言いたいことは我慢せずに言って、やりたいことは全部やって……。

それから、あの人に会いたいですね。

たった一人、わたしを助けてくれた人。
この王都を救った本当の英雄。わたしの推しの天才魔術師。
わたしの死は愚妹の愚行に気づかなかったわたしのせいですけど。
でも、推しが死ぬのだけは避けたかった……。
「ごめんなさい、ギル様」
せっかく救ってくれた命を無駄にして。
あなたが救いたかった王都をめちゃくちゃにして。
「もしできるなら、あなたと同じ場所に――」
わたしは目を閉じました。
痛いのは嫌なので痛覚麻痺《まひ》の神聖術を使っておきます。
ふふ、どうせ最後ですからね。
痛い思いをせずに死ねるなら、それに越したことはないでしょう？
りんごん、
りんごん、りんごん――
りんごん、りんごん、りんごん――

…………。

…………。

……………。

「……ズ」

「………んみゅ」

「…………ローズ。起きなさい！」

「はひ！　ローズ起きました！」

寝起きの照明は眩《まぶ》しくて、わたしは目を細めました。

ゆっくり光に目を慣らしていると、呆《あき》れた声が聞こえます。

「……返事だけじゃなくてちゃんと身体《からだ》を起こしなさい」

「はい、司教様」

身体を起こすと、たくさん空いたベッドがある中でわたしだけ取り残されていました。横を見ると、眉間に皺《しわ》を寄せて腕を組む司教様がいます。

そこでようやくわたしは違和感に気づきました。

…………あれ？

わたしさっき殺されませんでしたっけ？

断頭台に押し付けられて、ギロチンが首を刎《は》ね、くるくると景色が回って——

ぶわっ、と嫌な汗が噴き出してきたわたしは首元に触れます。

………くっついていますね。

さっきのは、夢？

目を閉じると、処刑広場の様子がありありと思い出せます。

夢にしてはリアルな夢でした。予知夢でしょうか。

いやでも、予知夢の神聖術は十年前に使えなくなりましたし……。

「司教様。わたし生きてますか？」

「まだ寝ぼけているのですか？　ひっぱたきますよ」

「生きてるようですね」

ふむ。とわたしは顎に手を当てます。

「司教様。今日は何年の何月何日でしょうか」

「太陽暦五六八年、火の月の第三水曜日ですが？」

わたしは目を瞬《まばた》きました。

「…………なるほど。では、オルネスティア王国はもう滅びましたか？」

「馬鹿を言いなさい、健在に決まっているでしょう」

わたしの認識では魔族に滅ぼされる寸前だったんですけどね。

ちょっと信じられませんが、把握しました。

不肖ローズ。寝起きの頭で理解しましたとも。

驚きすぎてすぐには理解できませんでしたが――

司教様から聞いた日付はわたしが死んだときから遡ること二年前の秋です。

なぜだか分かりませんが、わたしが知っている時間より巻き戻っているようです。

確かに死んだはずなのに。

「奇妙な質問をしてないで、さっさと仕事しなさい。本当に愚図ですね、お前は……」

「お仕事、ですか」

夢の中の――いえ、ここは『一度目』としておきましょうか。

わたしは『一度目』の最期に誓ったことを思い出していました。

身を粉にして働いて人類に尽くしていたのに裏切られた絶望感。

すべての仕事と責任を押し付けて高笑いしていた愚かな妹と教会の神官たち。

さて、わたしに働く意味なんてあるでしょうか?

「ノン。ありえません」

「……なに?」

「司教様。わたしはもう働きたくありません」

途端、司教様の目がゾッとするほど冷たくなりました。

「働かない聖女は処分対象だが、構わないな？」

わたしが口を開こうとしたその瞬間です。

「――お姉様！　次の夜会に着ていくドレスを貸してくださらない？」

どくん、とわたしの殺意が心臓のように脈打ちました。

さっと振り返れば、そこには『一度目』のわたしを殺した女がいました。

太陽教会の名を体現したような金髪は忌々しく輝き、大聖女の礼服を身に纏《まと》っています。はしたなく胸元を開いているのが本当に気色悪い――現大聖女、ユースティア・ベルゼです。

あぁ、神よ！　太陽教会が奉る唯一神アウラよ！

あなたの存在なんて欠片《かけら》も信じてはいませんが、今だけは感謝してやりましょう。

わたしに復讐《ふくしゅう》の機会を与えてくれたことを。

『一度目』の人生をやり直す機会を与えてくれたことを！

「まぁユースティア、元気そうで何よりだわ」

「能書きはいいの。早くドレスを貸して？　お姉様が大事にしてるお母様の形見ってやつ」

わたしと同じ桃色の瞳を意地悪く細める妹にわたしは微笑《ほほえ》みました。

「もちろん構いませんよ。少し待って頂戴ね」

――さぁ、反撃を始めましょう。

第一章　推し活の始まり

　太陽暦五六八年、火の月の第四水曜日。

　この日、ユースティアは大聖女として連合軍主催の舞踏会に出席します。

　彼女が聖女の力に目覚めるまでは大聖女を務めていたわたしですから、先々代大聖女のお母様からもらった大切なドレスを妹に貸すのもやぶさかではありませんでした。

　そして、ユースティアはドレスを台無しにする、消えない染みを作ります。

　舞踏会で男性にワインをかけられたそうですが、間違いなく嘘《うそ》ですね。

　お母様からもらった金糸の入った白いドレスはこの日以来、着られなくなりました。ドレスを受け取ったわたしに「ごめんなさ～い」とわざとらしく謝るユースティアには殺意を覚えたものですよ。

「サイズは大丈夫かしら？」

「ぴったりだわ！　さすがお姉様ね！　これで来週の舞踏会もばっちりよ！」

　ユースティアはわたしの目の前でくるりと一回転します。

「でもいいのかしら。お姉様の大切なものなのに」

「いいのです。可愛《かわい》い妹のためですから」

「わーい♪　お姉様大好き！」

わたしは思わず口元に手を当てます。

危ない、危ない。気持ち悪すぎて吐き気がこみ上げてきました。

この笑顔でどれだけの嘘をつけば気が済むんでしょうね、この子は。

「あの、もし汚したらごめんね……？」

わたしは姉らしい笑顔を浮かべました。

「構いませんよ。できるだけ気を付けてくれればそれで」

「お母様が使っていた大事なものだもの。大切に着るわ！」

お母様――先々代の大聖女のことをわたしたちは便宜上そう呼んでいます。

わたしたちは本当の親を知りません。神殿にいる聖女はみんなそう。

だからわたしたちは本物の家族より固い絆《きずな》で結ばれている――神官はそんな甘ったるいことを言いますけれど、二年後のわたしの末路が現実です。そんなものは幻想でしょう。

ユースティアはわたしを殺しました――だから、わたしだって何をやってもいいですよね？

「でもちょっと裾が長いですね。調整するので待ってもらえますか？」

「そう？　分かった。でも早くしてよ？」

「もちろんですとも」

わたしはユースティアから服を受け取り別室で仕込みをしました。

神聖術をちょちょいと使い、金糸に似せた極小の魔道具で補強して……はい完成。

「さぁできましたよ。これを着て殿方の心を射止めてらっしゃいな」

「本当にありがとうお姉様。裾まで直せるなんてすごいのね。さすがだわ」

口では褒めていますけど、目に嘲りの色があるのを見逃しません。

『一度目』のわたしはなぜこんなアホに騙《だま》されていたんでしょうか。

「ぶふ」

「お姉様、どうしたの？」

「なんでもありません」

ま、まずい。表情筋が限界です！

ダメです、わたし。ここは堪えないと……ぷふッ、あぁ、おかしい！

あなたはわたしに嫌がらせができたと満足しているようですけど、事実はまったくの逆。

このドレスを着ていけば、ユースティアは間違いなく破滅します。

そのときが楽しみでなりませんよ。直接見る気はないんですけどね。

さて、そろそろこんな穢《けが》れた部屋から逃げるとしましょうか。

「ローズ。さっきの話だが」

あ、ちょうどいいタイミングで来ましたね。

ユースティアのための調整が終わるのを待っていた司教様がやってきました。

わたしはわざとらしくユースティアのほうを見てから振り返ります。

そして声を潜め、聞かれたくないと装いながら口を開きました。

「あの、司教様。先ほどの話はできれば聞かなかったことに……」

「お姉様！　なんの話をしていらっしゃるの？」

ほぅら、食いついてきました。

相変わらずわたしの弱みを握るために精力的ですね。

「いいえ、ユースティア。あなたに関係のある話では……」

こう言えば、プライドの高い彼女は絶対にこう返します。

「えぇー？　でも、私《わたくし》って大聖女だし。聖女であるお姉様のお話はちゃんと聞いておかなきゃって思うんだけど～？　ねぇ司教様、どう思う～？」

大聖女マウント、いただきました！

あなたなら必ずそう言ってくれると信じていましたよ。

思い通りに動いてくれてありがとう存じます。くそったれな神に感謝を！

「そうだな、大聖女様にも聞いてもらったほうがいいだろう」

司教様がおもねるように言いました。

わたしのときとは態度が全然違いますね？

まぁ無理もないかもしれません。

なにしろ大聖女は民衆の前に立つ、救世の英雄と呼ばれる存在です。

天候を操作したり、未来を予知したり、豊穣《ほうじょう》の祈りを捧げることができます。

一方、聖女は前線で兵士の傷を癒《いや》したり、瘴気《しょうき》を浄化したりと地味な働きです。

わたし以外にも聖女はたくさんいますし、ありふれた存在とすらいえます。

「ふんふん……え、お姉様、聖女やめたいの⁉」

「ユースティア……実はわたし、もう疲れてしまったの……」

できるだけ悲愴に見えるように俯《うつむ》きます。

目だけ動かして前を見ると、ユースティアの口元が三日月に歪《ゆが》みました。

「そっかー、そうなんだ。ふーん？」

あぁ本当に、この子は動かしやすくて助かります。

「まぁお姉様も聖女になってから長いもんね。最年長でしょ？」

「そうですね」

「長年働いたおかげで、そんなに痩《や》せて不気味な髪になっちゃったもんね？」

わたしはユースティアが上から目線で言う髪に触りました。

雪のように白い髪です。身体《からだ》の線も細く、骨が浮き出ているとはよく言われます。

まぁ、髪の毛は生まれつきなんですけど。

「……ええ、さすがに無様でしょうか」

「そうねぇ。やっぱり聖女は華やかじゃないとね。適材適所ってあるよねー」

つまりわたしがブサイクで見るに堪えないということでしょうか？

ニヤニヤわたしを見下ろしている彼女の考えは手に取るように分かります。

まったく、本当にクズですね。この子は。

「そうだ！　私、良《い》いこと思いついちゃった！」

「良いこと、ですか？」

「うん。お姉様、もう教会のお仕事に疲れちゃったんでしょ？」

「そうですが……」

「なら、こうしましょう！　もう一度前線に出るのよ！」

「え？」

わたしは愕然《がくぜん》と目を見開きます。

「前線に出てかつてのように戦場に貢献するの。天候を操り、魔王の大規模魔術を防ぎ、数千、数万の兵士を救う。これこそ、先代大聖女であるお姉様にしかできない立派な仕事だわ！」

「待って……待ってください。わたしは」

「だーめ。これはもう決定事項なんだから」

ユースティアは残酷な笑みを浮かべて言いました。

「善は急げね。私、大教皇様に話してくるわ。待っててね、お姉様！」

わたしの話も聞かず、ユースティアは飛び出していきました。

◆◇◆◇

「聖女ローズ・スノウ。貴様を最前線に配置換えとする」

ユースティア・ベルゼは執務室に呼び出された『姉』を見ていた。

残酷に告げる大教皇の言葉に、ローズは呆気《あっけ》にとられたような顔になっている。

（あぁ、ダメ。抑えないといけないのに、ニヤニヤが止まらない）

「最前線、ですか？」

「そうだ」

「でも、わたしはもう神聖術が……」

ローズの表情が絶望に染まっていく。

「神聖術がなくても経験があるだろう。最年長としての威厳を見せてみろ」

「そうそう。お姉様はすっごく頼りになるんだから！　自信持たないと！」

（ふふ。あぁ、みっともなく震えちゃって馬鹿みたい）

ドレスの裾をきゅっと摑《つか》んで震えるなんて、可愛いとでも思っているのだろうか。

ローズは上目遣いで目の縁に涙を溜《た》めて、大教皇猊下《げいか》に懇願した。

「お願いします。わたし、ここでなんでもしますから……」

「ならん。これは命令だ」

「そんなっ、おかしいです。どうして急に⁉」

「貴様が役立たずだからだ」

大教皇様はきっぱりおっしゃった。

「聞けば貴様は、妹であるユースティアにすべての仕事を押し付け、自室で悠々自適に読書をしているそうではないか。神聖術もまともに使えなくなった役立たずを処分せず生かしているのはなぜだと思う？　雑務をやらせるためだ。大聖女の足を引っ張る聖女など、我が教会には要らない」

大教皇は連合軍の会議や政治の場にご執心で、真実を知らない。

大聖女であるユースティアが『実はお姉様が私を虐《いじ》めて……』と耳元で囁《ささや》けば、この通り。

（ほんと男って操りやすいから大好きだわ）

「わたしが妹に仕事を押し付けるだなんて、嘘です。わたしは一生懸命」

「黙れ！　役立たずが言う言葉はいつも同じだ。自分は悪くない。あいつのせいで、あいつがやってるのにと、言い訳ばかり。被害者面しおって。貴様の言葉など聞く価値もない」

ユースティアは口元を三日月に歪ませた。

（かわいそうだけど、仕方ないわよね。ドレスを貸す振りをしてこのあたしに盾突いたんだもの）

そう、ユースティアはローズがドレスに細工をしたことを見抜いていた。

ドレスの裾に仕込まれた金糸の魔道具。あれはユースティアのドレスを細切れにする仕掛けだった。もしもドレスを着てのこのこと夜会に出ていけば、会場の真ん中で素《す》っ裸《ぱだか》になっていたのだ。

絶対に許せない。何がなんでも追放してやるとユースティアは決意していた。

「お姉様、嘘だというなら神官の皆さんに聞いてみてはどうかしら？」

「……ユースティア」

「きっとみんな言うわよ。お姉様が仕事もせずに遊んでる悪女だって！」

（あなたのことは前から目障りだったのよ。ざまぁみろ）

「それとも、大教皇様に逆らうの？」

「……っ」

（ふふ、そうよね。逆らえないわよね）

ローズは怯《おび》えたように、諦めたように、震える声で言う。

「わ、分かり、ました……最前線に、行きます」

「うふふ。最初からそう言えばいいのよ」

（あぁ、スッキリ！　最高！　あたしの勝ちよ。でもまだ。まだ終わらせてやらない）

「ねぇ猊下？　お姉様の配属先はどこになるんですか？」

「あぁ。それは――」

「あそこなんていいんじゃないかしら！　ほら、『死神』様の特務小隊！　『絶火《ぜっか》』といったかしら？」

（さらなる絶望に叩《たた》き落《お》としてあげるわ、お姉様）

「ねぇ猊下。最前線でも一番きつい場所を受け持ってるあの方の小隊ならお姉様の力を遺憾なく発揮できると思いますわ。何よりほら、そのほうが確実でしょう？」

（確実に、死ねるでしょう？）

「……確かにな」

「ま、待って、それだけは、それだけはやめてください!!」

ぞく、ぞく、とユースティアは抑えきれない興奮を覚えた。

あのローズが無様に膝をつき、服を引っ張って必死に懇願してくる。

（最っっっっっ高の気分だわ！　この口うるさいクソババアがこんな姿を見せてくれるなんて！）

「お、お願い。ユースティア。ね？　それだけは、お願い、だから」

「ふふ。だーめ♪」

とびっきりの笑顔でユースティアは言った。

「お姉様は、『死神』様の部隊に配属、はい、決定！」

「あ、あぁぁ……！」

ローズはユースティアから手を離し、絶望したように床に手をついた。

無理もない。ユースティアが選んだ配属先はそれほどに過酷だ。

――『死神』ギルティア・ハークレイ。

稀代《きたい》の魔術師にして冷血なる豪傑、千年に一度の大天才。

八大魔王の一角、『暴食』の第三魔王すら単騎で討ち取り、世界にその名を轟《とどろ》かせた男。

ひとたび任務に赴けば、出逢《であ》ったすべての魔族を皆殺しにするという。

しかし、彼が『死神』と呼ばれている理由はそれだけではない。

彼が率いる『絶火』部隊に配属された新人の死亡率は一〇〇パーセント。例外なく死んでいるのだ。

（頑張ってね、お姉様♪）

ユースティアとローズは本物の姉妹ではない。大聖女候補として見出《みいだ》された貧民街出身の自分を世話してくれた聖女――それがローズで、幼かったころは彼女をお姉様と呼んで心から慕っていた。

（でも、だんだん鬱陶しくなってきたのよね）

先代大聖女のローズは初代大聖女の生まれ変わりと言われるほど優秀で、神聖術の効率化や聖女の配備運用、太陽神教の布教に至るまで、歴史に残る成果を残している。そのせいか、大聖女を引退した後もユースティアに指図してきたし……見下した発言が目立った。

しかもユースティアが大聖女になってからというもの、周りは口々に言ったのだ。『ローズのほうがよかった』『先代のほうが優秀だ』『今代は出来損ない』とか。慕う気持ちなど秒で失《う》せた。

ユースティアはローズを排除することに決めた。手始めに仕事を押し付け、過労死まで追い込もうとしたが、この女はなかなか死なない。だから食事にも細工をして、ベッドを粗末にして……。

（それでも、お姉様は折れなかった。ほんとムカつく。大教皇に泣きついて正解ね）

（お姉様は早く大聖女に返り咲きたいんでしょうけど、おあいにく様）

（あなたの戻る場所なんてない。完膚なきまでに潰してあげるわ）

◆◇◆◇

「——なんてことを、今ごろ考えているんでしょうね」

ばたん、と扉を閉めたわたしは執務室を出てほくそ笑みました。

愚妹の考えていることなんて手に取るように分かります。

大方、わたしが仕掛けた金糸の罠《わな》を見抜いて満足しているのでしょう。

本当に愚かな妹。

わたしが仕掛けた罠が一つだけなんて、誰が言いました?

人間は分かりやすいものがあると飛びつき、それ以上はないと安心してしまうものです。

わたしは『稀代の大悪女』と呼ばれた女ですからね。罠を仕掛けるのにも余念がありません。

わざと分かりやすい罠を一つ設置し、もう一つをそっと忍ばせるなんてお手のもの。

本当の罠は今もユースティアが持っているドレスに付いていています。

『お願いします。わたし、ここでなんでもしますから……』

わたしは全身全霊で演技をしました。

哀れな子羊のように、理不尽に虐げられる姉を演じていました。

『一度目』と違い、もう嫌なことをされて我慢している『いい子ちゃん』ではありません。

大教皇もアホなユースティアも、まとめて滅ぼしてやりますとも。

『お姉様は、「死神」様の部隊に配属、はい、決定!』

それにしてもここまで上手《うま》くいくとは思いませんでした。

ユースティアはわたしを追い落としたつもりなのでしょうけど……。

さっきのやり取り、一から十までわたしの思い通りです。

『死神』ギルティア・ハークレイ様。

ユースティアが悪しざまに罵ったお方こそ、わたしの推し。

わたしは最初からあの人の部隊に行きたくて、愚妹の思考を誘導しました。

——目覚めてから、『二度目』の人生で何をやりたいのかずっと考えていたのです。

まず、わたしを殺した奴《やつ》らをひどい目に遭わせる。

嫌なことはしない。言いたいことは言う。

やりたいことを、好きなようにやる。

そして——推しを救う。

つまり、推し活です。
色々と悪評が囁かれていますが、本当のギル様は誰よりも強く、誰よりも優しい。
あの人は孤独に苦しんでいるただの男の子なのです。
悪口を言われても気にせず、むしろ悪役になって人々を守っている。
わたしはそんなあの人が大好きで、愛おしくて、ずっと応援してあげたい。
あの人を推すためなら、あの人を救うためなら、どんな苦労も厭《いと》いません。
『一度目』のとき、あの人は惨《むご》たらしい死を迎えてしまいました。
もうあんな絶望は嫌です。あの人だけはなんとしても救ってみせます。
そのためにはどんな手段だって使います。
悪女と呼ばれようがなんだろうが、むしろ上等ですよ。
さようなら、太陽教会。
さようなら、ユースティア。
わたしが打てる手はすべて打ちました。
わたしの復讐《ふくしゅう》がもう終わっているとも知らず、せいぜい呑気《のんき》に吼《ほ》えてるがいいですよ。
「許可ももらったことですし、早速行きましょうか」
推しを救うための戦場へ。

推しと一緒に過ごせる最高の時間を過ごしに。

ふふ。楽しいセカンドライフの始まりです！

◆◇◆◇

人族と魔族が戦争を始めたのは遥《はる》か昔のことです。

始まりがなんだったのか、今では文献にも残っていません。

女神と魔神の争いが始まりだったとか、女神の寵愛《ちょうあい》を受けた女がいたとかなんとか。

まぁともかく、人類は総力を結集して魔族に立ち向かうことを誓い、『連合軍』を作り上げました。

前線都市ガルガンティアは連合軍が作り上げた、最も魔族領域に近い街です。

魔族領域から侵入する魔族を迎え撃つことを目的とした都市であり、人類の守護者となる兵士たちがこの街で暮らし、日夜訓練に励み、時に実戦に繰り出しています。

これがなかなかに広い街で、小隊ごとに隊舎が与えられているのです。頑強な石造りの街並みは昼間の光に照らされて鈍く輝き、金属鎧《よろい》を着けた兵士たちが物々しく行き交っていました。

お、着きました。

地図が正しければ、外壁沿いにぽつんと立っているあそこが特務小隊の隊舎です。
もうすぐギル様に会える……。
「むふっ」
あぁ、ダメです。ちゃんと聖女らしくしないと。
わたしは頬をこねくりまわして、表情を作ります。
…………。
………………。
「むふっ。むふふふ！　やっぱり無理です〜〜〜〜〜〜〜！」
推しと、一つ屋根の下で！　一緒に暮らせるなんて!!
きゃぁ〜〜〜〜〜〜〜〜！　これ、許されるのでしょうか!?
ファンとしてあるまじき行為では!?
いえでも、推しとの同居生活ですよ。楽園《エデン》に行くチャンスは逃せません!!
生きててよかった〜〜〜！　まぁわたし、一度死んでるんですけどぉ！
「……ふぅ、ふぅ、落ち着きましょう。わたし」
こんなに気持ち悪い笑みを浮かべていたらギル様に嫌われてしまいます。
仮にも同じ小隊に入る身なんですから、ちゃんとしないと。
ほらほら、周りの人たちが変なやつを見る顔してるじゃないですか。

「おい、あの子が見てるあの方向って……まさか『絶火』の新入り？」

「若い身空で……かわいそうにな」

「だよなぁ。まさか『死神』に喰《く》われるなんて……」

は？　今ギル様《推し》の悪口言った奴、誰ですか？　殺しますよ？

「ひっ！」

「おい、行こうぜ。なんか怖《こえ》ぇよ、あの女」

「そ、そうだな。触らぬ神に祟《たた》りなしだ」

睨《にら》んだだけで逃げましたか……根性なしですね。

まぁ放っておいてもいいでしょう。ああいう手合いはそのうち死にますし。

「……それにしても、最前線の質も落ちたものですね」

まぁ、『一度目』にわたしが居たときは激戦を繰り広げていたから仕方ないかも。

この時代、まだ戦場は小休状態になっていますし、兵士の気が緩むのは当然でしょう。

「あ」

ふと、視界の端で仮面をつけたシスターが通り過ぎていきました。

わたしが見ていることに気づいても無視。

間違いありません。聖女です。

「わたしを知らないということは、聖女として活動し始めたばかりの子でしょうか」

聖女は太陽教会が神聖術の適性を持った乙女たちを見出し、育て上げた存在とされています。

仮面をつけているのは、太陽神の祝福を受けたことでこの世との繋《つな》がりを断ち、清らかさと神聖さを保つ戒律のためです。わたしは若き聖女に『頑張ってください』とエールを送りました。

そしてわたしは特務小隊の隊舎に——行きません。

なぜならここにギル様は居ないからです。

そこからさらに離れたところにある石造りの平屋へと足を向けます。

おっと、忘れていました。わたしも仮面をつけないと。

さて、着きましたね。

「……すー、はー、すー、はー……」

わたしは胸を押さえて深呼吸し、髪を整え、楽園への扉を叩《たた》きました。

ノックをすること数秒。中から物音が聞こえます。

そして、ついに——扉が開きます。

「……聖女が何の用だ」

「あ、あの」

わたし、声が震えてませんよね？

仮面をつけていて幸いでした。こんなに顔面が痙攣《けいれん》しているところは見せられません。

推しのご尊顔が満月のごとく輝き、わたしの網膜に焼き付きます。

鼻梁《びりょう》の通った均整の取れた顔立ちに、黒い髪がさらりと流れて……。

優しい慈悲の心でわたしを見つめる蒼玉《サファイア》の瞳と目が合いました。

あぁ、ほんとに。

ほんとに。ギル様が。

生きて、

「何の用だと聞いているんだが」

生きている推しが、目の前にいます！

きゃあああああああああああ！　これは尊い！　尊いです！

ご尊顔がまぶしいいいいい！　すごく胸がどきどきします!!

おっといけません、落ち着きましょう、わたし。ここは聖女らしく……。

「本日より特務小隊『絶火』に配属された聖女です。閣下の小隊に入るよう異動命令が下されました。どうぞよろしくお願い申し上げます」

聖女らしく淡々と言い切ってわたしは推しを見つめました。

はぁ、これからこの人と生活するんですね……。

本当に最高。どんな幸運ですか。『一度目』のわたし、徳を積みすぎでは？

「帰れ」

ギル様のご尊顔がだんだん見えなくなっていきます。

これは、扉が閉められ――

……。

…………………。

………………………いやちょっと待って⁉

扉が閉められる寸前で、わたしは指を割り込ませました。

「話を聞いてくださいました⁉　あなたの、小隊に、配属になったのですが！」

「うるさい黙れ。俺に聖女など必要ない」

ギギギ、と。扉を閉めようとするギル様とこじ開けたいわたしが鬩《せめ》ぎ合います。

「大体、小隊配属というなら隊舎のほうに行け。なぜここ……待て、なぜ家を知ってるんだ？」

「ギル様に会いたいから調べたに決まってるでしょう！　乙女に言わせないでください！」

「初対面の女に迫られる男の気持ちにもなれ。普通に気色悪いぞ」

「あくまで推し活の一環なのでセーフということで！」

「…………さっきからやけに喋《しゃべ》る。貴様、本当に聖女か？」

先代大聖女ですが何か⁉

「大体、ギル様に聖女が要らなくても部隊の皆さんにとっては必要かもしれないじゃないですか、ここは小隊長らしくわたしを小隊舎に案内するのが筋ではないでしょうか……へぼぁ⁉」

いきなり扉からギル様の手が離され、勢いのついたわたしは頭から床に突っ込みました。

「……業腹《ごうはら》だが、一理ある」

せめて扉をゆっくり離してから言ってくれませんかね……。

推しの当たりが強すぎる……だけど、むすっとしているお顔も好き！

というか『一度目』のときはもっと優しかったはずなんですが……。

ギル様って初対面の女にはこんなに冷たかったんですね。

まぁ、誰にでも笑顔を向ける偽善者よりよっぽど推せますけど。

「行くぞ」

パチン、と推しが指を鳴らしました。

その瞬間、位相が歪み、わたしは一瞬で場所を移動していました。

「うぉ⁉」

「『ギルティア様⁉』」

あぁ、懐かしい声ですね。

仮面の下で思わず笑みを浮かべたわたしは声の主たちを見渡します。

食堂らしき場所に座っていたのは三人の男女でした。

「テメェ、久しぶりに顔出したかと思えばいきなり転移してくんじゃねぇよ！　べ、別にビビった訳じゃねぇかんな⁉　勘違いしてんじゃねぇぞオラァ！」

猛獣に出逢った子犬のようにきゃんきゃん吼える赤髪野郎と、

「心臓が飛び出るかと思いましたわ……」

胸を手で押さえてはぁはぁ言ってる変態縦ロールと、

「あわわわわわ、ギルティア様が目の前に……！」

驚きながらも可愛らしい表情で手を組んだそばかす顔の女の子。

三者三様の反応を相手にせずギル様は告げます。

「新しく配属になった聖女らしい。お前らで面倒を見ろ。以上だ」

「は⁉　ちょっとお待ちください！」

ギル様は無視です。現れたときと同様に転移しようとして……。

「何のつもりだ」

射殺すように、わたしを睨みつけました。

わたしがギル様の腕をぎゅっと胸に抱きしめていたからです。

「む。この手を離したらギル様は転移するつもりでしょう？」

「既に義理は果たしただろう」

「否！　断じて否です！　ギル様にはこれから手取り足取りわたしの面倒を見てもらう必要があります。なぜならわたしがギル様のお傍《そば》にいたいからです！　お分かりでしょうか！」

「まったく分からん」

おかしい。有り余る推しへの愛が伝わっていません。

「せ、聖女があれだけ饒舌《じょうぜつ》に……」

「わたくし、こんなに喋る聖女を見るのは初めてですわ……」

「ぎ、ギルティア様の腕に……うらやま……いやいや、むしろ恐れ多くて……ひゃわわ！」

三人の唖然《あぜん》とした視線を無視して、ギル様は鬱陶しそうに言いました。

「俺が貴様の世話？　笑えない冗談だな。これ以上俺に足手まといは要らないし、いくら小隊の新人とはいえ、顔も見せない女の世話などできる訳がない。大体、お前は誰だ。名も名乗らず――」

「むふ。誰だと聞かれたら答えるのが世の情け」

ようやくこの邪魔くさい仮面を外せますね。

『一度目』のときは二年以上仮面をつけたままだったので、なんだか感慨深いです。

わたしは仮面を取り、ふさぁ、と白い髪を左右に振って、にこりと微笑《ほほえ》みました。

「わたしの名はローズ・スノウ。皆様、どうぞよろしくお願いします」

「な……」

ギル様がお化けでも見たかのように目を見開き、三人が一斉に指を差しました。

「「「せ、先代大聖女⁉」」」

「Si.　みんな大好き清楚《せいそ》系超絶美少女のローズちゃんですよ」

驚きは一瞬、三人は顔を見合わせました。

「つーかヤバくね⁉　先代大聖女がウチの部隊入ったらいよいよヤバくね⁉　オレ様たち期待され

まくりってかよオイ！　ここらで功績上げろってことかよ、なァ！」

「部隊としての強度が上がることは間違いありませんわね。十年前、第五次魔族侵攻において千人の負傷者を癒し、第六魔王の巨大魔術を防いだ初代聖女の再来……！　まさかお目に掛かれるとは」

「で、でも、確か大聖女様って……」

「言っておきますけど、もう神聖術なんてほとんど使えませんよ？」

「は？」

神聖術の使いすぎで身体を酷使しましたから当然の話ですよね。

「ハァ!?　んだそれタダの役立たずじゃねぇか！」

「つまり聖女として使えないからウチに押し付けられたと……また問題児が増えましたわ……」

「役立たず……ちょっと共感……」

手のひら返しがすごい。こいつらに言われるのはちょっと腹が立ちますが……。

ギル様はわたしを注意深く見ながら言います。

「なら、貴様は何のためにここへ来た」

「もちろん、ギル様を救うためですよ」

「は？」

何を言ってるか分かりませんよね。別に構いません。

『一度目』のことを話したところで頭がおかしい奴だと思われて終わりですから。

「まぁ、戦場じゃ役立たずつっても雑用とか仕事はあるしな……自己紹介くらいしとくかァ？」

「そうですわね……こちらだけ名前を知っているのはフェアじゃありませんわ」

変態縦ロールの賛同を受けて赤髪野郎が立ち上がりました。

「オレ様の名前はヘリオロープ・マクガフィン！　元聖堂騎士にして天下無双を目指す男だァ！　目下の目標はそこにいる、いけ好かねぇイケメン野郎をぶちのめすこと！」

「無理《むり》です《だ》ね《な》」

「んだとォ⁉」

んみゅ！　お、推しと！　声が！　ハモりました‼

うひゃ〜〜〜！　恐れ多いけど幸せすぎる〜〜〜〜！

ギル様が忌々しげにわたしを睨んでますが、むしろご褒美です！

「次はわたくしですわね」

変態縦ロールが立ち上がり、胸に手を当てます。

「わたくしの名はサーシャ・グレンデル。大聖女を務めていたあなたであれば聞いたことがあるんじゃないかしら。そう、こう見えてもわたくし、四大名家の一角にして連合軍の幹部にも名を連ねているグレンデル家の娘ですの。今後ともよろしく願いますわ」

「あー、どうも。そういうのいいんで」

「はい⁉」

わたし、ギル様以外にほとんど興味ないですから。例外はありますけど……。

驚愕《きょうがく》するサーシャをよそに、そばかす顔の少女が遠慮がちに立ちました。

「つ、次は、私……かな。リネット・クウェンサ、だよ。あんまり戦いは得意じゃないし、なんでこの部隊に私がいるのか分からないけど……うぅ、生きててごめんなさい……」

しゅん、と俯くリネット様にわたしは近づいて手を取りました。

「とんでもない！　あなたに出逢えたことは生まれて二番目の幸福です！」

「へ？」

あぁ、きょとんとしたお顔も可愛らしい！

そう、このリネット様こそギル様に次ぐ例外。

彼女は『一度目』のわたしに『推し』という概念を教えてくれた人生の師匠なのです！

「リネット様、ギル様のこと推してますよね？　ベッドで自作のファングッズとか隠し撮りした写真とか夜な夜な見てはニヤニヤしちゃってますよね？」

「え⁉　なななななな、なんでそれを⁉」

「先代大聖女なので。とにかく大切なのは、わたしとリネット様が推し活仲間であるということです！　共にこの仏頂面で素直じゃないけど実はとびっきり優しくて熱意のあるギルティア・ハークレイ様を推していこうではありませんか！」

そのときでした。

ぱしん、と手を振り払われました。

え、振り払われ……あれ？　リネット様、どうしてそんなに冷たい目を？

「解釈違い。私が思うギルティア様はクールで冷酷で血も涙もない英雄だもん」

「がーん」

こ、これが、噂《うわさ》に聞く同担拒否ですか……⁉

推し活における新たな境地……開きたくはなかった……！

「せっかくリネット様とお友達になれると思ったのに……」

「ふぇ？　あ、ぅう。と、友達なら……なってもいいですけど。私なんかでよければ……」

「ほんとですか⁉」

わーい！　リネット様とお友達！　生まれて初めてお友達ができました！

「なんかオレ様たちのときと反応違いすぎねーかこの聖女」

「ローズ・スノウ……こんな性格でしたっけ。もしかしなくてもポンコツの気配がしますわ」

「本当になんなんだ、貴様は……」

珍しくギル様が小隊仲間たちに同調してため息を吐きます。

「わたしはただのファンです。それ以上でも以下でもありません」

「ギルティア様を慕っている……という訳ではありませんの？」

「推しとファンは一定の距離を保つべし。推し活の心得ですよ？」

「……そうですか」

どことなくホッとしたように変態縦ロール《サーシャ》が言います。

それを面白くなさそうに舌打ちしている赤髪野郎《ヘリオロープ》です。

リネット様はあわあわと視線を彷徨《さまよ》わせ、ギル様は訝《いぶか》しげに眉根を寄せています。

なんとか受け入れてくれたようなので、ひとまずは第一関門突破といったところでしょうか。

でも油断はできません。

なにせ、ここに居る全員が連合軍における問題児で――

放っておけば、みんな死んでしまいますから。

わたしが彼らを――いえ、ギル様を救うために必要なミッションは五つ。

---

①ギル様と『絶火』のみんな仲良し大作戦。
②人類みんなでギル様の推しになろう大作戦。
③ギル様と天才で時代を変えよう大作戦。
④ギル様を傷つける奴らをぶっ殺しましょう大作戦。
⑤ギル様とみんなで色々やっつけちゃおう大作戦。

こんなところでしょうか。ふふ。忙しくなりそうですが……。
いっちょ張り切って推していきましょう。すべてはギル様《推し》のために！

第二章　推しと愉快な仲間たち

——ばたん!!


早速歩き出そうとしたわたしに冷や水が浴びせられます。

床に転がっていた物体に躓《つまず》き、すっころんでしまったのです。

「いたた……なんですか、これ」

「おいおい、何してんだよ」

「すごい音がしましたけど、大丈夫ですの？」

「こちらは大丈夫ですけど……これは？」

わたしは自分を転ばせた四角い物体に目を向けます。

見たところ魔道具のようですね？

四角い箱の中心に魔石がついていて、スイッチのようなものがありました。

ちょっと押してみましょう。えいっ。

『……ザザ……ピー………ザザ……』

音が聞こえました。どうやら録音装置《レコーダー》のようです。

「だけど、壊れているようですね、やっぱりゴミですか」

「貸してみろ」

ギル様に手渡すと、彼はなんだか妙な顔をしました。

「………俺の魔力を感じる」

「え？」

「思い出した。先月、クウェンサに頼まれて魔力を注入したものだ」

全員の視線が集中すると、リネット様は飛び上がりました。

「ひぃ！　た、確かに私のです。ご、ごめんなさいぃいい！」

「またかよリネット。お前、魔道具は使い終わったら片付けろって言っただろ……サーシャが」

「あ、あぅ……片付けたはずなんだけど……」

ほう。推しの魔力ですか。そうですか、ふーん？

「リネット様。これは要らないやつですか」

「え？　うーん。使っては、ないけど。でも、何かのときに使うかもしれないし……」

「リネットさん、あなた使わないものは捨てろってあれほど……」

「ひぃいいい！　ご、ごめんなさいぃいいい」

ギル様はため息を吐きました。

「要らないなら捨てておけ」

「Si.　わたしにお任せください」

にこり。と笑いながら、わたしはみんなに隠れてこっそり録音装置を懐に入れます。

——やりました!! 推しの魔力、ゲットしました〜〜〜!!

ギル様には悪いですけど、捨てる訳ないじゃないですかもったいない!

推しの魔力ですよ? たとえ僅かでも推しの魔力が入ってるなら、それは人類の至宝ですもん!

特務小隊の工房にあったというなら小隊のものですし、構いませんよね?

これはわたしの部屋に飾らせてもらいますよ!

魔道具で壊れているという話なら、時間のあるときにリネット様に見てもらいましょう。

「ところで、今日の任務は終わったんですか?」

「ちょうどこれからですわ。本当はあなたにも来てもらいたいですが……神聖術が使えないなら足手まといなので残っておきなさい。行きますわよ、ヘリオ、リネットさん」

「おいイケメン野郎、テメエ、今日は来るんだろうな?」

どことなく諦めたような赤髪野郎《ヘリオローブ》の言葉に、

「行く訳ないだろう……雑魚の相手など無駄だ。俺は帰る」

ギル様はため息を吐き、転移魔術を使おうとしました。

ギル様は一人がお好きですからね。部隊と共に任務に当たるのは面倒なのでしょう。

「——ギル様、逃げるんですか?」

「……なんだと?」

でもそれじゃあ困るんですよ。あなたには小隊員とお友達になってもらわないと。

わたしの挑発的な言葉に、ギル様の手がピタリと止まりました。

うっふふ！　怒ってる、怒ってる！　推しに怒りを向けられるとゾクゾクしますね！

「だってそうじゃないですか。今日の任務が何かは知りませんが、どうせ大した任務じゃないんでしょう？　それを小隊員に押し付けて隊長はおうちでサボりですか。よっぽど魔獣と戦うのが怖いんですねぇ。うふふ。いえ、分かりますとも。戦うのは怖いですものね」

わたしは顎を逸《そ》らし、見下すように鼻を鳴らしました。

ピキッ、とギル様が青筋を浮かべますが、無視です。背中を向けます。

何やら皆さんが戦慄したようにわたしを見ていますが、これも無視です。

「さぁ皆様、根性なしで魔獣が怖いギル様は放っておいて、任務へ行きましょう。大丈夫。どうせギル様が居なくても任務はこなせますよ。へっぽこな隊長なんて、この部隊には――」

「俺にそこまで言うとは、良《い》い度胸だな？」

ギル様がわたしの肩を掴《つか》んで言いました。

え、ちょっと待って。

お、推しに肩を掴まれてる⁉　なにこれどんなご褒美ですか⁉

わたしはニヤニヤする口元に手を当てながら微笑《ほほえ》みます。

「あら、ギル様は初対面の聖女に暴力を振るうロクデナシでしたか？」

「安い挑発だ」

ギル様は鼻で笑います。

「だが、あえて乗ってやる。貴様が何を企《たくら》んでいるのか、見極めさせてもらおう」

「企むも何も、わたしの目的は既に話しましたが……どうぞお好きに。では行きましょうか」

「チッ、なんでテメェが仕切ってんだよ。気に入らねぇな」

「……ギルティア様について来てもらえるなら、むしろよくやったと褒めておきますわ。今日こそ『絶火』の結束を深め、特務小隊としての真価を発揮しますわよ！」

「ギルティア様にあそこまで言うなんて……ローズさん、勇気あるなぁ……さすが先代大聖女……」

そんなことを言いながら任務へ出かける準備をする三人です。

全員が居間に揃《そろ》ったタイミングでわたしはにっこりと笑いました。

「それではギル様、転移魔術をどうぞ」

「俺に指図をするな……はぁ、まったく。転移門を使えばいいものの……」

ぶつくさ言いながら推しがパチンと指を鳴らして、再び空間が歪《ゆが》みます。

先ほどもそうですが……推しの魔術にあやかれるって最高ですね？

◆◇◆◇

前線都市ガルガンティアに在籍する小隊の任務は大別して三つに分かれます。

まずは哨戒《しょうかい》任務。魔族領域に侵入して魔族の動向を探る、割と難易度が高い任務です。

次は、魔族迎撃任務。こちらは哨戒任務で得た情報を元に迎撃部隊が選定され、元帥の指示の下、魔族を迎撃します。死亡率が高いので不人気です。そりゃそうでしょうね。

そして最後は魔獣討伐任務。戦争が小休状態になっている今、ガルガンティアの仕事は主にこちらとなっています。魔獣は魔神の瘴気《しょうき》に狂わされた獣の成れの果てで、放っておけば匂いにつられて人を襲うので討伐が必要なのです。もちろん小隊の力量ごとに派遣される場所も異なっており、ギル様率いる小隊は最高ランクの任務……ではなく、最低ランクの任務に派遣されていました。

ビリー平原。どこまでも続く草原が広がっている長閑《のどか》な場所です。

「『絶火』の任務地にしては、しょぼいですね。がっかりです」

「うるせェ！　こっから成り上がるんだよ、黙って見とけ！」

「ど、どんな場所であろうと任務は確実にこなす。それがグレンデル家の流儀ですわ！」

「わ、私はこういう平和なところが良いかなぁ……なんて。うぅ……生きててすみません」

この小隊、協調性ゼロでは？

赤髪野郎《ヘリオローブ》と縦ロール《サーシャ》も、同じことを言っているようで微妙に違いますし。

ギル様は我関せずといった様子でわたしを睨《にら》んでますし。そんなに見つめられると照れますよ？

ともあれ、まずはこの小隊の現状を見させてもらいましょうか。

『一度目』のわたしが『絶火』に所属するのはもうちょっと後でしたからね。ギル様を救うためにも、現時点での彼らの実力は知っておきたいところです。

「――見つけた！　『鋼兎《はがねうさぎ》』だ！」

お、早速赤髪野郎が魔獣を見つけました。草原をのしのし歩く、人より大きい鋼鉄の兎です。

「さぁ、始めますわよ！　まずは陣形を組みましょう。それから――」

「行くぜオラァ！」

「ちょ、また先走って――待ちなさいヘリオ！」

縦ロールが号令をかける前に赤髪野郎が突っ走りました。

軍服をたなびかせ、一気に距離を詰めます――おや、速い。ですが、

「《神聖なる焔《ほむら》よ》、《浄魔の業、破滅の戦慄、収束せよ》、『轟炎《ヘル・フレイム》』！」

剣先から魔術陣が展開し、魔術が生成――いや、遅い。遅すぎる。

魔術を練り上げるのにどれだけ掛かってるんですか？　これじゃ逃げられます。

「うがぁ⁉」

案の定、鋼兎はドスンと頭突きして、赤髪馬鹿《ヘリオローブ》を突き飛ばしました。幸い魔力による肉体強化はしていたようで怪我《けが》はなさそうですが、本来はタンク役である彼が抑え切れないせいで魔獣の標的がこちらに変わります――魔獣から見て弱そうに見える縦ロール《サーシャ》とリネット様のところに。

遅れて鋼兎の後ろで赤髪野郎の魔術が炸裂《さくれつ》し、それが鋼兎の背を後押しする形になりました。

「ほんっっとに何をやっていますの、あなたは！」

「ひぃいいい！　こっち来る〜〜！　もうやだ、おうちに帰りたい〜〜〜！」

「〜〜〜っ、仕方ないですね、グレンデル家の力、とくと見せてやりますわ！」

縦ロールは軍用の魔術杖《ロッド》を掲げて詠唱します。

「《凍《い》てつく氷よ》、《停滞を命じる。疾《はや》さを封じる。弾《はじ》けよ》、『氷華の舞《ラ・グラキス》』！」

鋼兎の足元に魔術陣が広がり、鋼兎の足元を凍らせました。いい速度です。

足を封じられた鋼兎は甲高い鳴き声をあげながら暴れ回ります。

「右方向、さらに魔獣を発見！　リネットさん、今ですわ！」

「え、や、あの」

縦ロールが気を逸らした瞬間でした。

魔術の綻びを見た鋼兎が雄叫《おたけ》びをあげて氷を破壊します。

「「なっ《ひぃ》⁉」」

自由になった鋼兎がリネット様を狙いました。

リネット様は魔術杖を構えようとしていますが、可愛《かわい》らしく震えて何もできません。

顔面が蒼白《そうはく》になった彼女はガチガチと歯を鳴らして、詠唱は嚙《か》み嚙みで——

「は、《母なる大地よ、わ》、《我が礫《つぶて》》、《礫となる》」

支離滅裂な詠唱は間に合いません。鋼兎がリネット様に飛び掛かりました。

「避《よ》けろリネットぉ！」

「リネットさん、避けなさい！」

赤髪野郎と縦ロールの叫びが響きますが、間に合いません。

恐怖で震えた女の子は何もできず、鋼兎の餌食となるのです――ギル様がいなければ。

「まったく、見ていられん」

鋼兎は横に吹き飛びました。

それはもう気持ちいいほどに、どだんっ!!　と。

ギル様の魔術が魔獣を吹き飛ばしたのです。

そして、耳がつんざくような遠吠《とおぼ》えが響きます――体勢を整えた鋼兎が仲間を呼びました。

たぶん、ギル様との実力差を悟って危機を感じたんでしょう。

縦ロールが顔を蒼《あお》くしながら叫びます。

「ぜ、前方、魔獣の群れ出現！　数は十……嘘《うそ》、何ですの、この数……百体以上の魔獣が集まってい ます！　草原中の鋼兎を集めるつもりですか……!?」

「ヤベェぞ。このままじゃ……」

赤髪野郎が歯嚙《はが》みしながらギル様のほうを見ます。

縦ロールも、リネット様も、一縷《いちる》の希望に縋《すが》るように。

ギル様は小隊員の視線を一顧だにせず、わたしを睨みつけます。

「貴様が一体何を企んでいるかは知らないが」

彼が手を掲げた瞬間、四方数百メルトにおよぶ魔術陣が足元に広がりました。

赤と蒼に輝く光がわたしたちを照らし出し、

「俺に仲間は必要ない。俺だけ居れば、それでいい」

世界が燃えました。

わたしたちに迫っていた、百体以上の鋼兎が燃え上がったのです。

魔獣たちは悲鳴をあげて立ち止まり、そのまま草原ごと灰になるかと思いきや。

「終わりだ」

ピシ、と。

赤く燃えていた世界が、一気に静まります。

摂氏数千度の炎を浴びたのに、一瞬で凍り漬けにされた魔獣たちの気持ちはいかほどでしょうか。

もはや知るすべはありません。ギル様が指を鳴らした瞬間、すべて砕け散りました。

「これに懲りたら、二度と俺を挑発するなよ、ローズ・スノウ」

悪しざまに、彼は言い捨てます。

「でなければ、次に『こう』なるのは貴様かもしれんぞ」

そう言って、姿を消しました。

転移魔術で先に帰ったのでしょう。痛いほどの沈黙があたりに満ちます。

「むふっ」

「……ローズ、さん？」

あぁ、ダメです。幸せがこみ上げてきて止まりません。

にやけちゃダメなのに。でも無理です。だって、仕方なくないですか？

推しの！　魔術を！　目の前で見られたんですよ⁉

「あぁもう最高〜〜〜〜〜〜！　ギル様カッコよすぎる〜〜〜〜〜〜！」

「「⁉」」

もうね、最高すぎて最高以外の語彙を失ってしまいましたよ！

顔が熱くなって頬に手を当てて身体《からだ》がくねくねしちゃってもしょうがないですよ！

「うふ、うふふふふふ！」

わたしは踊るように歩き出し、鋼兎の砕け散った欠片《かけら》を拾い上げました。

氷の断片は透き通ったガラスのようで、魔獣の肉片がはっきりと見えます。

「ほんっとうに素晴らしい……ギル様の魔術……素敵すぎ……」

鋼兎の群れを一気に殲滅《せんめつ》、無闇に地形を壊さない魔力と精度も素晴らしいですが——

恐るべきはそれが無詠唱、二重詠唱《ダブルキャスト》、魔術杖なしで行われたということ！

「ねぇ縦ロールさん、わたしのかじった知識では魔術は大地に流れる龍脈から魔力を吸い上げ、体内の魔力回路がイメージをマナに伝え、事象を具現化する技術だったと思うんですけど……」

「わたくしはサーシャです！　……言っていることは、間違ってませんわ」

ですよね。そう、つまり無詠唱だとマナにイメージを伝える難易度が跳ね上がるのです。

魔術杖は魔力回路の働きを助ける効果がありますから、魔術杖ナシだとその難易度はさらに上がります。しかも、炎と氷の魔術を同時に発動させ、同じ魔術陣に織り交ぜちゃうなんて！

神業、という他ありません。

しかもギル様はあれで実力の一割も出していないときています。

しかもしかも！　その実力をひけらかさず、颯爽《さっそう》と帰るあのカッコよさときたら！

もう一生推せる～～～～！　ギル様大好き～～～～～！

「それに比べて……」

気分一転。わたしはため息を吐き、残念すぎる小隊員を見回します。

「あなたたち、雑魚すぎませんか？」

「テメェは何もしてないだろうが！」

「そ、そうですわ、実戦と訓練では全然勝手が違って……あなたに何が分かりますの⁉」

「わたし、実戦経験豊富な先代大聖女ですが、何か？」

わたしが胸を張ると、二人は黙り込みました。

リネット様などは顔を蒼褪《あおざ》めさせて汗をだらだら流しています。

「聞けばあなたたちは問題児小隊と言われているのだとか」

「うぐ。それは……」

「これではそう呼ばれても仕方ありませんね」

わたしはため息を吐き、三人を順番に見回します。

「まず、元聖堂騎士のくせに魔獣を引き付けられない赤髪直情馬鹿と」

「う、うるせぇ！　さっきのは調子が悪かっただけだ！　次にやりゃあ絶対に……！」

「予定外のことが起きた途端に冷静さを失うポンコツ縦ロール」

「う、ぐ……！　だ、だって、あんなの、想定していませんでしたし……」

「そして、魔獣が怖くて魔術が使えなかったおかわいそうなリネット様。馬鹿二人のせいで苦労しましたね。もう大丈夫ですよ。わたしはあなたの味方ですから」

「え、あ、ぅ……？」

「おいオレ様たちと態度が違いすぎるだろ!!」

「そうです！　抗議を申し立てますわ！」

「お黙りなさい。本来、リネット様は前線向きじゃないんですよ」

「あ、あの。わ、私が役立たずなの、事実だから……そんな風に言われるの……困る」

リネット様は真面目ですね。申し訳なさそうにしなくていいのに。

ぶっちゃけた話、一番問題なのはギル様ですしね。

協調性の欠片もなく、天才すぎて一人で片付ければいいという発想。

おそらくあの人は元帥にかけあって『絶火』に任務を二つ、割り振らせています。一つは自分が片付けるもの、そしてもう一つはこの三人が片付けやすい簡単なもの、といったように。

なんだかんだで、三人を気遣ってるんですよ。

まったく態度に出しませんが、わたしには分かります。

なにせ推しなので。ファンとしてギル様の心根は承知しておりますとも。

「はぁ……まぁいいです。あなたたちはこれから、わたしが鍛え上げます」

「え？」

この三人は問題があれど、一芸だけ見れば超優秀な兵士。

改善点も分かりやすいですし、わたしには未来の知識もあります。

「ふふ。ギル様、あなたはわたしが何を企んでいるのか気になるようですけど」

わたしの目的はただ一つ。あなたを救うことです。

そのためにも『絶火』の小隊員を鍛え上げ、必ずやあなたの隣に立たせてみせます。

それこそがわたしの推し活なのです。

さぁ、始めましょうか。

ミッション№①、ギル様と『絶火』のみんな仲良し大作戦。改めてスタートです！

◆◇◆◇

草原での一件のあと、わたしたちは転移門を経由してガルガンティアの小隊舎に帰還しました。

まずわたしが取り掛かるべきは赤髪野郎――ヘリオロープ・マクガフィンからですね。

『一度目』のとき、わたしが彼と話したのは数えるほどで、仮面をつけていたからか、わたしと彼は距離を置いていました。お互いのことはまったく話しませんでしたが、経歴は知っています。

「赤髪野郎《ヘリオロープ》。あなたは太陽教会の元聖堂騎士でしたが、あるとき、神官が貴族に賄賂を渡しているところに乱入し、開き直った神官をぶん殴って更迭された……で、合ってます?」

「なんでお前がそんなこと知ってんだ。ハッ、もしかしてお前、オレ様のこと……わ、悪いがオレ様には心に決めたやつが……二人同時に愛するのは太陽神アウラの御心に反する……!」

「ねぇ、死んでくれます?」

「真顔で言うなよ！　傷つくだろうが!!」

わたしが推し以外の男に惹《ひ》かれるなんてありえない話ですよ。

「決めました。次に言ったらこいつの股間を蹴り潰して二度と歩けないようにしてやります」

「心の声が漏れてるんだが!?」

とはいえ、赤髪野郎が小隊に来るまでの経緯は『一度目』と変わっていないようですね。

愚かしいほど馬鹿ですが、まぁ、根が悪い奴《やつ》という訳ではありません。

「そうですよね、ギル様」

「なぜ俺がここに居なきゃならんのだ」

そりゃあギル様と『絶火』のみんな仲良し大作戦にギル様が居なきゃ話にならないですから。

ギル様は小隊舎の研究室にこもっていたので、無理やり引っ張ってきました。

赤髪野郎と縦ロールとリネット様が向かい側に座り、わたしとギル様が隣り合っています。

推しが隣の席に座る幸せを感じながら、わたしは正面の赤髪野郎と向かい合っています。

「わたしが何を企んでいるのか気になるんでしょう？　隣で見ていてください」

「……」

ふふん。これを言えばギル様が傍《そば》に居てくれるって寸法ですよ。

ぶっちゃけた話、赤髪野郎なんてどうでも……良くはないですが、こっちのほうが本命だったり。

「おいギルティア。テメェ、もう任務報告書は書いたのかよォ」

「とっくに元帥に報告している。貴様らと違ってな」

「さすがですわね、ギルティア様」

「……チッ、っとにいけすかねぇ奴だぜ。おいリネットォ！　オレ様たちの分もさっさと書けや！」

「は、はひ！　い、今書いてますので……」

「…………………は？」

わたしは思わずリネット様を二度見しました。

間違いありません。リネット様の手元には任務報告書が三枚あります。

「なんでリネット様が三人分書いてるんですか？」

確か、任務報告書は小隊の任務ごとに書くもので、客観性を維持するために小隊員全員が書くよう義務付けられているはずです。それを、なぜリネット様一人で？

「しょ、しょうがないよ……わ、私、役立たずだから。これぐらいしか、役に立てないし」

「……」

「怒ってるとこ悪《わり》ぃがよ、こいつが言い出したことなんだぜ？」

「ですわ。任務で毎回足を引っ張ってるからやらせてくれと言ったんです。ねぇ、リネットさん」

「う、うん。だからローズさんは、気にしなくて大丈夫。あはは……」

「その笑い方をやめてください。気持ち悪いです」

その場の空気が凍り付きました。

リネット様、あなたがもっといい顔で笑うこと、わたしは知ってますよ。

自分が役立たずだと思い込んで仲間の労を背負い込んだんですよね？

「ちょっと貸していただけますか」

「いいけど……」

リネット様から三人分の報告書を受け取ります。ご丁寧に筆跡も変えているようです。

はい、重大な軍規違反ですね。

ビリビリビリ、とわたしは全部破きました。

「甘えてんじゃねぇぞ、このクソッたれどもが、です」

「「は⁉」」

わたしは破いた報告書を変態縦ロールと赤髪野郎の口に突っ込みました。

「「んぐ⁉」」

「は、はにふんだテメェ⁉」

「ほうでふわ、はひも破ふこと……！」

「リネット様に全部押し付けて、満足ですか」

「ぶはっ、押し付けるも何も、こいつが自分から……！」

「そうやって他人にやらせて、自分の問題から目を逸らしてるんですか？」

「……っ」

「確かにリネット様は魔術が不得手でしょう。おまけに怖がりで、現地の任務で役に立っていると は言い難《がた》いです。ただそれでも……それで満足ですか。誰か一人に役目を押し付けて満足ですか？」

「でもよ、オレ様たちァ……」

「リネット様と比べて戦える。なら、ギルティア様と比べたら？」

「それは……比べる対象が悪すぎますわ！」

そうですね、ギル様は史上の天才、わたしの推しは世界一ですから。

でも、だからこそ。

「最後にはギル様が何とかしてくれる……今日も、そう考えましたよね？」

「「……っ!!」」

そう、鋼兎の群れが押し寄せたとき——彼らはギルティア様を頼ったのです。

あれだけ息巻いておきながら、頼ることしかしませんでした。

「恥ずかしくないんですか、あなたたちは」

「言わせておけばテメェ……！」

「ヘリオ、やめなさい！」

わたしの胸倉を掴んだ赤髪野郎は射殺すように睨みます。

「先代大聖女のテメェには分からねぇだろ。『絶火』に放逐されたオレ様たちの気持ちが……！

どんなに足掻《あが》いても天才に勝てねぇオレ様たちの気持ちが、分かる訳ねぇだろうがァ！」

ニィ、とわたしは口の端を上げました。この言葉を待っていたのです。

「なら、勝たせてあげますよ」

「「は？」」

「さきほど言ったでしょう？　わたしがあなたたちを鍛え上げると。だから言っているのです。わたしの指導を受ければ、ギル様に勝つなんて余裕ですよ？」

ピクリ、とわたしの隣の人が片眉を上げました。

「ほぉ」

うふ！　うふふふふ！

食いついてくれますよね。負けず嫌いのあなたなら！

「こいつらが俺に勝てると？　本気で言ってるのか、貴様は」

「もちろんです、ギル様。推しに嘘はつきませんよ」

本当のことを言わないときはありますけどね。

「まずは赤髪野郎からですね。一週間。それだけあればギル様に勝つには十分です」

「その勝負を受けて俺に何のメリットがある」

「メリットはありません。別に受けなくても構いませんよ？　でも、それってギル様的にどうなんでしょう。絶対に勝てると確信する勝負からも逃げる。あなたはそれだけの男ですか？」

「……」

ふふ。違いますよね。沈黙は肯定ですよ、ギル様。

「さて、では作戦会議を始めましょうか。赤髪野郎」

「……ヘリオロープだっつーの」

さすがにこの話はギル様に聞かせられません。

不満そうなギル様には自室へ帰ってもらい、わたしは改めて赤髪野郎と向き合います。

リネット様がお茶を淹《い》れてくれます。赤髪野郎はわたしのことを胡散臭《うさんくさ》そうに見ていました。

「……なぁオイ。本当にオレ様があいつに勝てるってのかよ？」

「勝負には勝たせます。あなたにはその下地がある」

「わ、わたくしも勝てますのっ？」

「もちろんですよ、縦ロールさん」

「だからわたくしの名はサーシャです！」

「ギル様に勝てたら覚えてあげますよ、サー・縦ロールさん」

「変なところで略さないでくださいます⁉」

「ともあれ、実は二人とも解決方法は同じなんですよね」

「え」

別に何かを覚えろとか、いきなり魔力量を増やせとかいう話じゃないんです。

ことの問題はもっと単純で、今すぐ改善できるもの。

「二人とも、ギル様の真似をするのは止めなさい」

「「……‼」」

二人は図星を突かれたように固まりました。

「……どうして」

「そんなの、見ていたら分かります。お。リネット様、このお茶美味《おい》しいですね」

「そ、そう？　ありがと……えへへ。それだけが私の取り柄だから……」

「だ、誰があのイケメンクソ天才野郎の真似をしてるって!?　言っとくがオレ様ぁ奴のことが大嫌いだ！　真似なんて絶対してねぇ!!　戦闘記録を見返して練習とかしてねぇぞオラァ！」

「お馬鹿。語るに落ちるとはこのことですわ……」

縦ロールは頭が痛そうに額を押さえます。

やれやれ。本当に面倒くさいですね、この二人は。あれが真似じゃなくてなんですか。

「あなたたち二人とも、ギル様に憧れてるんでしょう？　あぁ、勘違いしないでください。ギル様は至上の天才であり眉目秀麗にして冷酷でありながら熱いお心を持つそれは素晴らしいお方ですから、男女問わず虜《とりこ》になるのは分かるのです。むしろ仕方がないことだと言える。だからわたしと同じくファンになっても仕方がないことなのです。なのですが――」

わたしは言葉を区切って言います。

「憧れでは、ギル様には勝てない」

赤髪野郎の身のこなしは中々のものですが、ギル様に憧れているから動きの途中で魔術を入れようとして動きが止まります。根本的に魔術が得意じゃないんですよね、この男は。

縦ロールは魔術展開速度だけ言えばギル様に勝るとも劣りません。ですが、ギル様に憧れているが故になんでもこなそうとして、結果的に集中力を欠いてしまい、予定外のことが起きて自滅します。二人とも、負けパターンが決まっているんですよね。

「じゃあ、どうすりゃあいいって……！」

「一点突破です」

逆に言えば、二人とも持っているものは持っているのです。

そうじゃなければ、不本意とはいえギル様が『絶火』に籍を置くことを許していませんよ。

面倒だから放置している可能性も無きにしも非《あら》ずですが……その可能性のほうが高そうですが。

「赤髪野郎《ヘリオローブ》。あなたはこの一週間、魔力による肉体強化術だけを磨き上げなさい。他の魔術を使うことを禁じます。縦ロール、あなたは――自分で考えなさい。それくらい分かるでしょう」

「ローズ・スノウ。あなたわたくしの扱いが雑すぎませんか？」

「できると思って言ったんですが、無理ですか。仕方ありません。なら……」

「あぁ、もうっ！」

縦ロールが縦ロールを振り乱して立ち上がります！

「ギルティア様じゃありませんけど！　わたくしもその安い挑発に乗ってあげましょうとも！　見ていなさい、グレンデル家の娘は転んでもただじゃ起き上がりませんのよ！」

「それでこそサー・縦ロール・グデンレールです。期待していますよ」

「サーシャ・グレンデルですわ!!　絶対に、あなたに名を覚えてもらいますから！」

縦ロールは威勢よく言ったあと、もじもじと指と指を合わせました。

「そ、それで今度こそ、ギルティア様に……はっ、わたくしなにを……破廉恥ですわ！」

何やら赤くなってる縦ロールを見た赤髪野郎は意地を張るように立ち上がります。

「お、オレ様だってなぁ！　ギルティアの野郎の鼻を明かしてやるってんだよ！　ハッ！　どいつもこいつもあいつのことばっか見やがって。『絶火』にはオレ様がいるって思い知らせてやる！」

「その意気です、二人とも」

ギル様との仲良し大作戦のためにはあなたたちの成長が必要不可欠ですからね。

あの方を救うためにも、わたしの手となり足となり働いてもらいますよ。たぶん。

「それではあなたたちに秘策を授けましょう。未来からの贈り物というやつです」

わたしは胸を張り、人差し指で円を描くように動かします。

「わたしの教えを習得すれば、あなたたちはギル様に一歩近づきます。死ぬ気で覚えてくださいよ？　わたしの訓練は厳しいですからね」

すべてはギル様を救うため。引退した大聖女ですが、わたしも一肌脱ぎましょうとも。

◆◇◆◇

そして約束の日がやってきました。

「これより、ギルティア様とヘリオロープの決闘を始めます」

小隊舎にある訓練室。直径十メルトばかりの部屋でギル様と赤髪野郎が向かい合っています。赤髪野郎は腰に二本の剣、騎士甲冑《かっちゅう》を纏《まと》い、ギル様は普段通りの軍服です。余裕がすごい。

そして立会人はわたし、リネット様、面倒な審判は縦ロール。

訓練室の端でお茶請けを用意して、優雅に応援です。

「きゃ〜〜！　ギル様頑張って〜〜‼　赤髪野郎なんてぶっ飛ばしてくださ い〜〜！」

「テメェはどっちの味方なんだよオイ！」

ハッ、ついギル様を応援していました。これがファンの性《さが》ですか……！

夜なべしてギル様の顔を描いた扇と横断幕まで用意してしまいましたよ！

「が、頑張って。ヘリオくん。わ、私応援してるから……！」

「その割にはギルティアのグッズに染められてるけどな⁉」

リネット様もギル様色のハチマキや扇を持ってます。やはりこれは推し活には欠かせません。

解釈違いといえど、リネット様もギル様のファン。今こそファン同士、ギル様に応援を——

「おっといけない。今だけは応援してあげます。さっさと勝ってくださいよ、赤髪野郎」

「チッ……言われなくてもわぁってる」

「——せっかくだ。賭けをしないか、聖女」

ギル様は赤髪野郎を無視し、わたしを見て言いました。

「賭け、ですか？」

「あぁ。ここまで軽々《けいけい》に貴様の挑発に乗ってきたが、これでは少し面白くない。俺にとってこの決闘は飽きるほどやった自身の存在証明に過ぎないからな。俺と貴様で何か賭けようではないか」

「推しと賭け……！　いいですね、最高です！　何を賭けますかっ？」

「貴様が計画していることをすべて話せ」

「……ふーん？」

なるほど、ギル様《推し》も少し工夫してきましたね？

わたしの目的がなんだと聞かれればギル様を救うとしか答えられませんが……。

何を計画しているかと言えば、それはまぁ、色々と計画していますからね。

バレても問題ないようなものから、ギル様にバレたら困るようなものまで……。

「Si.　その賭け、お受けしましょうとも」

「そちらが勝てばどうする？」

「赤髪野郎が勝負に勝てば……そうですねぇ」

勝ちが確定している勝負で推しに賭けを持ちかけられるこの状況……。

実質プレゼントでは！　もうもう、ギル様のいけず！　素直じゃないんだからもう！

推しからの贈り物……欲しいものは色々とありますが、

「じゃあ……名前を。ローズと、呼んでほしいです」

わたしは火照る顔を扇で隠しながら、ちら、と上目遣いで推しを見上げます。

ギル様は目を丸くして、理解できないご様子でした。

「名前？　そんなことでいいのか？」

「そんなこと、ではありません。わたしにとっては重要なことです」

「……てっきり、もっと接触を要求されるのかと思った」

「ハグとかですか？　それも考えましたけど……やっぱり、名前がいいのです」

だって、推しに名前を呼ばれるとか最高のご褒美じゃないですか。

「あの……もういいかしら？　そろそろ始めたいのですが」

縦ロール《サーシャ》が痺《しび》れを切らしたように告げると、その場の空気が張りつめました。

「あぁ、いいぜ」

「いつでも来い。叩《たた》き伏《ふ》せてやる」

「ごほん、では。決着の条件は互いの魔術障壁が砕けた瞬間ということで」

魔術障壁は軍服に刻まれた魔術陣から発生する魔力の障壁です。戦場では砕けた瞬間に撤退しろと言われますからね。致命傷と同義なのです。互いの意志を確認した縦ロールが真上に手を挙げ、

「両者。太陽神アウラに宣誓を」

「戦いの結果は終わりにあらず。如何《いか》なる理由があろうと私情を挟まず」

じゃり、と赤髪野郎が銀色のロングソードを鞘《さや》から抜き、

「ただ、死力を尽くして戦う」

ギル様は最強の風格を以《もっ》て、ただ泰然と佇《たたず》むのみ。カッコいい。好き。

「――始めっ!!」

サーシャが下がった瞬間、赤髪野郎が飛び出しました。

ただの一歩で彼我《ひが》の距離を殺す速さはギル様が目を見張っているほどです。

またたく間に間合いに入り込んだ赤髪野郎の剣が、ギル様を逆袈裟《けさ》に切り裂きます。

硬い物同士がぶつかる金属音。

ギル様が作り出した氷の長剣が、赤髪野郎の剣と火花を散らしています。

鍔《つば》迫《ぜ》り合《あ》いです。両者は一歩も引いていません。

「……なるほど。魔力を肉体強化にすべて振ることで持ち前の身体能力を活《い》かしているのか。確かに速い。肉体強化だけで言えば、俺に勝るとも劣らない……かもな」

「ハッ!! まだまだ……まだまだだぜ、オラァ!!」

激しい剣戟《けんげき》、飛び散る火花、迸《ほとばし》る咆哮《ほうこう》。赤髪野郎は猛攻を始めました。

次々と繰り出される剣閃《けんせん》は、なるほど、日頃からきゃんきゃん吠《ほ》えるだけはあります。

着実に積み重ねた成果が見える、口調や態度とは裏腹の美しい剣技。

「――だが、足りない」

次の瞬間、赤髪野郎の周囲を、魔力を帯びた風の刃が取り囲みました。

完全なる包囲網の構築。もはや赤髪野郎に逃げ場はありません。

「肉体強化など魔術の基礎に過ぎん。貴様ごときの肉体強化、俺は五歳のときからやっている」

赤髪野郎は風の刃に囲まれて動けません。手に持った剣が、乾いた音を立てて転がりました。

「降参しろ。赤髪。貴様に俺は倒せない」

「……ハッ」

いい、いい、
それでも。

幾たび天才に負けようとも、ヘリオロープ・マクガフィンは立ち上がるのです。

こういうところは、『一度目』と変わっていません。

絶対的窮地にあってなお、彼はまっすぐにギル様を睨みつけます。

「オレ様はよぉ……男爵家の三男坊に生まれたんだが」

「……なんだ、いきなり」

「まぁ聞け。オレ様ぁ兄貴たちと比べたらロクデナシでな……魔術は苦手だったんだが、剣だけは誰にも負けなかった。その道じゃあ結構有名なガキだったんだ。腕っぷしもあったし、太陽教会の聖堂騎士団に入団するだけの力もあった。結構期待されてたんだぜ？　戦場じゃ、それなりに魔族を斬ったりもした……でもよぉ。だぁれも、ただの一人も、オレ様を見向きもしねぇ」

赤髪野郎の瞳は戦意を失っていません。機を窺っています。

「聞こえてくるのは『死神』ギルティア・ハークレイの名ばかり。親父《おやじ》もお袋も兄貴も、みんなオレ様を見やがらねぇ。どれだけ頑張っても、相手にもされなくて……そんで、不貞腐《ふてくさ》れた。あぁ認めてやる。負け犬野郎だったよ、オレ様は。でもなぁ……そんな凡人でもなぁ」

高まる戦意。充満する殺意にギル様は反応しました。

「『切り裂――」

「諦めたことだけは、一度もねぇんだよ‼」

次の瞬間、風の刃が赤髪野郎に殺到しました。

全方位から叩《たた》き込《こ》まれる嵐を防ぐ術など、この世の誰にもありはしません。

縦ロールは思わずと言った様子で目を逸らし、そして、

「――オラァアアアアアアア‼」

赤髪野郎がもう一本の剣を抜き放ち、赤い煌《きら》めきが嵐を切り裂きました。

「な」驚愕《きょうがく》するギル様、そんな尊いお顔の前に、赤髪野郎が迫ります。

「今度こそオレ様の名を覚えてもらう。オレ様はヘリオロープ・マクガフィンだ‼」

わたしはギル様に剣を振り抜く赤髪野郎を見ながら思い出しました。

『赤髪野郎。あなたに勝機があるとすればただ一つ。それは油断です』

『油断を突くってのかよォ。そんなダセェ真似……』

『ちょっと違います。油断を突くのではなく、油断を誘うのです』

『……あァ？』

『肉体強化に緩急をつけなさい。ギル様があなたの実力を誤認するギリギリのラインで。そしてあ

なたがギル様に追い込まれた瞬間、あらかじめ魔術を仕込んでおいた刃を抜くのです』

『実力を隠しつつ最後に本気出して勝つってのかよ……かっけぇじゃやねぇかオイ！』

『それがあなたの勝機。あなたの勝ち筋……ただの一刀にすべてを懸けるのです。そうすれば――あなたの剣は、ギル様《天才》に届く!!』

まさにこの瞬間、赤髪野郎の剣はギル様に届こうとしています。

ギル様は舌打ちしながら魔術を発動しようとして――

「なっ!?」

「ギルティアァァアアアアアアアア!!」

描こうとした魔術陣が消え、赤髪野郎の剣がギル様の魔術障壁を粉々に砕きました。

衝撃を受けて吹き飛んだギル様は空中で体勢を立て直し、優雅に着地。

しかし思いのほか打撃が強かったのか、苦悶《くもん》の表情で膝をつきます。

あのギル様が。

『死神』『天才』『英雄』さまざまな二つ名を持つギル様が……膝をつきました！

「――そこまで!!　勝者、ヘリオロープ・マクガフィン!!」

「しゃっぁあああああああああああああ!!」

赤髪野郎が雄叫びをあげ、わたしはカメラを駆使して推しの貴重な敗北シーンを写真に収めます。

それはもうパシャパシャ撮っちゃいます。うふふ！　推しの悔しがってる顔は貴重ですよ！

「うぅ、ギルティア様が負けるなんて……ヘリオくんには悪いけど、なんかモヤッとする……」

ギル様は完全無欠の冷酷な天才であると解釈するリネット様は複雑そうです。

まぁ同担拒否されましたからね！　手加減はしませんよ、リネット様！

「ヘリオ、やりましたわね！　まさか本当にギルティア様に勝つなんて……！」

「お、おぉ。まぁオレ様からすれば楽勝ってやつよ！　当たり前の結果だな！」

「調子に乗ってはいけません」

「あいてぇ⁉　テメエ、ちょっとは幼馴染《おさななじ》みを労《いた》われよ！」

「労われるような態度を取りなさい。まったく……でも」

縦ロールは、花が咲くように微笑みました。

「今回は見直しましたわ。本当によくやりましたわね、ヘリオ」

「……おう」

まんざらでもなさそうに後ろ頭を掻《か》く赤髪野郎です。

これはあれですね、だいぶやられてますね。恋の病ってやつに。

ちょっとだけそっとしておいてあげたいですが、わたしのほうも用事があります。

「赤髪野郎、よくやりましたね」

わたしが労《ねぎら》いの言葉をかけると、赤髪野郎は不満そうに唸《うな》りました。

「……ヘリオロープ」

「はい？」

「名前だ。オレ様の名はヘリオロープだ。いい加減にそう呼べ」

「……仕方ありませんね」

まぁ、今回勝ってくれましたし。ギル様からご褒美もらえますし。

「その代わり、オレ様もテメェを名前で呼んでやっからよ」

「あ、それはいいです。わたしちょっと用事があるので失礼します」

「は⁉　おいちょっと待てやテメェ！」

待てません。これは本当に……あぁ、予想以上にガタが来ていますね。

わたしは訓練場を出て廊下の壁に手を当てて体を支えながら自室に向かおうとしました。

「──おい、聖女」

そこに、ギル様が声をかけてきます。

ちょっと今は話したくないのですが、推しの言葉を無視するのはファンの信条に反します。

「どうかされましたか、ギル様？」

ギル様は怒り心頭といったご様子です。額に青筋が浮かんでいます。

「貴様、神聖術で俺の魔術を妨害したな？」

わたしはにこりと笑いました。

「Si. 確かに妨害しました。それが何か？」

あの決着の瞬間です。

ギル様が赤髪野郎――ヘリオロープに反撃しようとした瞬間、わたしは神聖術を使いました。

その名も『浄化《ディスペル》』。対象の魔術を完全に無効化する、神聖術の基礎にして真髄です。

「なぜ邪魔をした。貴様が邪魔をしなければ勝っていたのは俺だった……！」

「そうでしょうね」

「あいつは喜んでいるぞ。貴様のおかげで勝てたとな……あいつが不正で勝って喜ぶと思うのか。貴様は、今このときも奴の想《おも》いを踏みにじっているのだぞ！」

うふふ。ほらね、なんだかんだ仲間想いなんですよ、この方は。

わたしはふらつきそうになる頭を振って、優雅に微笑みます。

「そうですね、それが何か？」

「な……」

「勘違いしているようですね、ギル様」

失望と怒りをないまぜにしたギル様を見ると、あのときの言葉を思い出します。

『……なぁオイ。本当にオレ様があいつに勝てるってのかよ？』

『勝負には勝たせます。あなたにはその下地がある』

わたしはギル様と真正面から向き合います。悪しざまに腕を組み、

「わたしは『勝負には勝たせます』と言いました」

こてりと。首をかしげました。

「ヘリオだけでギル様に勝てるなんて、一言も口にしてませんよね？」

ギル様はこれでもかというほど目を見開きました。

いやだって、そうでしょう？

確かにヘリオには素質がありました。長所もある。一点突破の武器は強力です。

これから戦場を経験して成長する素養は大いにあるでしょう。

でも、相手はギルティア・ハークレイ様ですよ？

単騎で第三魔王を討ち果たし、数々の首級《しるし》を挙げられた世界最強の魔術師ですよ？

いくらヘリオに素質があるからといって……たった一週間で勝つのは無理でしょうよ。

「ならば、貴様は……」

「彼には……魔術以外にも、欠点がありました」

それは迷い。自信の無さ。暴力への本能的な忌避感。

ああ見えて根は善人です。聖堂騎士団を追放されるときに神官を殴ったことが、彼の中のトラウマになっているのでしょう。ヘリオがギル様に勝つには、その呪いを解き放つ必要がありました。

一度呪いが解ければあとは進むだけです。これから伸びますよ、彼は。

たとえ一度目の勝利が、偽物であったとしても。

「もしもこの先、このことがバレて恨まれても……ハァ、構いません。わたしは、ギル様を救いただけ。他の奴らにどう思われようが……ハァ、どうでもいいです。お友達は別ですが……」

「……貴様は自ら悪役を演じて、奴の欠点を……おい待て、ひどい顔だぞ。大丈夫か？」

「ちょっと大丈夫じゃ……悪いですけど……自室に……」

あぁ、もう限界です。頭の中が割れるように痛いです。

全身がずきずきして手足が痺れ——あ、地面が近い。身体の感覚がなくなっていきます。

わたしは推しが呼ぶ声をどこか遠くに聞きながら、意識を手放しました。

◆◇◆◇

『ここはもう終わりだ。次の戦場に行かなければ』

荒野の丘に立ちながら、あの人はそう言いました。

夕焼けの光がご尊顔を照らし出し、わたしの心を突き刺します。

『第八魔王はすぐそこまで迫っている。俺が行かなければすべて終わる』

ダメ。行かないで。

そう声に出したかったのに、このときのわたしは愚かにも我慢をしました。

言いたいことを胸に押し込んで仮面のような笑顔で言います。

『ご武運をお祈りしております。ギルティア様』

『あぁ。君も気を付けて』

風がわたしの髪を巻き上げ、視界が塞がりました。

白い線に覆われた世界の中でただあの人の声だけが耳に届きます。

『――もっと早く、君と話していればよかったな』

わたしもそうです。

今さら言っても遅いのは分かっています。でも、お慕いしていました。

ずっと前にあなたと出逢《であ》っていれば、わたしは――

「ギルティア様……」

こんなに手を伸ばしているのに、あの人は空を飛んでいきます。

わたしの手は届きません。どれだけ伸ばしても。どれだけ希《こいねが》っても。

「行かないで」

ただ、そう言いたかっただけなのに。

どうしてわたしは、言えなかったんでしょう。

「死んでほしくないんです。だから、お願い……」

「……俺は死なん。どこにも行かん」

温かいものに手が包まれました。

暗くて冷たい冬の風が遮られ、光がわたしの視界を覆っていきます。

「だから、今は休め」

……これは、夢？

ずっと、傍に居たかった。

ずっと、聞いていたかった優しい声。

思わず頬が緩んで、胸の中が光で満たされていくのを感じます。

「うれしい」

「…………」

温かいなにかを掴んで、わたしは頬にこすり付けました。

こうしていると、心の底から安心できて、ちょっと眠くなっていきます。

もう少しだけ休ませてもらいましょう。もう少しだけ……。

…………。

………………………。

「んみゅ」

パチリ、と目が覚めました。

古びた天井は特務小隊舎の聖女室。寝心地はそこまでよくありません。

わたしの手と頰は夢の中の温《ぬく》もりが残っていて、だんだんと冷たくなっていくのが寂しい。

「起きたか」

けれどそれも、すぐ隣に居たギル様の声を聞くまで。わたしは跳ね起きました。

「ギル様⁉　どうしてここに……！」

「貴様がここに運べと言ったのだ。覚えてないのか？」

「そんなことを言ったような気もしますけど忘れました」

「貴様……」

ギル様は何やら恨めしげにわたしを睨みながら、自分の手をさすっています。

「……手に怪我を？」

「……自覚がないならいい」

「訳が分かりません、ギル様。論理的説明を求めます」

「そんなことより」

ギル様はため息を吐き、ベッドに身を乗り出してわたしの額に手を当てました。

って近くないですか⁉　推しのご尊顔が目の前にあるのですが⁉

「もう熱はないようだな……」

「は、はひ」

「だが顔が赤い。やはりもう少し寝ておくか？」

「い、いえ。結構です。まったくもって問題ありません」

「そうか？」

危なかった〜〜〜〜！　推しのご尊顔を近くで摂取しすぎて尊死《とうとし》するところでした。

ギル様は推しがファンにとってどれだけの栄養になるか気にすべきですよ、まったく！

「さて、体調が戻ったなら色々と聞きたいことがある」

「おや。わたしは勝負に勝ったので話す必要はないはずでは？」

「……話せるところまででいい」

ギル様は悔しげに言いました。まだ勝負に負けたことを気にしているようです。

こういうところは可愛らしいですね。大変に良きです。好き。

「ごほん。で、何を聞きたいんですか？」

「まずは……なぜいきなり倒れた？　病気持ちか何かなのか？」

「んーっと、先週言いましたよね。わたし、神聖術はほとんど使えないって。あれは本当のことで、実は大聖女時代にかなり無理しているので身体にガタが来てるんですよ。なので神聖術を使ったら体調が悪化します。まさか一度で倒れるとは思いませんでしたが……鈍《なま》ってますね、わたし」

ギル様は怪訝《けげん》そうに眉根を寄せました。

「……身体に負担がかかることが分かってて神聖術を？　なぜそこまで……」

「既に話しましたよ。乙女に二度も言わせないでくださいな」

あんまり言っても恰好《かっこう》つかないですからね。

あなたを助けるために無理してるんです……なんて、押し付けがましいでしょう。

「強いて言うならヘリオを勝たせるためです。卑怯《ひきょう》な手を使ってでも勝ちたかったんですよ」

「……また悪しざまに振る舞うのだな、貴様は」

ギル様は何やら思うところがあるようです。一体どうしたんでしょう？

けれど物憂げな顔は一瞬。切り替えが早いギル様は次の質問を繰り出しました。

「ではもう一つ。神聖術の使いすぎとはいえ、先代大聖女であれば太陽教会が手放すはずがない。国内外との折衝、聖女たちの指導、戦術指南……やることは山ほどあるだろう。なぜここに来た」

「現大聖女であるユースティア・ベルゼがわたしを追放したからですね」

「は？」

「加えて言えば大教皇もです。わたし、あの二人に嫌われてるんですよ。大聖女を引退してからは太陽教会の雑用仕事をさせられていました。うふふ！　下水道の掃除もしたことありますよ」

「……詳しく話せ」

静かに促したギル様にわたしはこれまで自分が受けた仕打ちを話しました。きっと誰かに話したかったんでしょうね。それが推しであればなおさら、わたしは饒舌《じょうぜつ》になっていました。

なにせわたし、太陽教会が大嫌いですからね。

喋《しゃべ》れというなら司教と連合軍の癒着から大教皇の献金問題まですべて話しましょうとも。

もちろん、『一度目』のことは話しませんけどね。

すべてを聞いたギル様からは表情が抜け落ち、ぷるぷるとお身体が震えていらっしゃいました。

……あぁ、『一度目』と同じです。

本当に懐かしい。わたしのことを気遣い、怒ってくださってるんですね。

わたしは胸の底からこみ上げるものを抑え込んで、

「用事ができた。少し出かけてくる」

「――ギル様、大丈夫」

立ち上がろうとしたギル様の手に、そっと触れます。

推しとファンの距離としては適切ではないですが、今だけ許してもらいましょう。

ギル様は蒼い瞳に怒りを滾《たぎ》らせながらわたしを睨みつけました。

「何が大丈夫だ。太陽教会は……奴らは、貴様に……君に、どれだけのことを……!!」

「だから大丈夫なのです。既にわたしの復讐《ふくしゅう》は終わっています」

「……？」

よかった。落ち着いてくれたようですね。

ギル様が怪訝そうに座られたので、わたしは名残惜しみながら手を離しました。

この手はしばらく洗いません。洗わないったら洗わないんですから！

「どういうことだ。まさか、それも君の計画のうちか？」

「うふふ、えぇ、まぁ。もちろん望んで虐《いじ》められた訳じゃないですよ？　でも、わたしはどうやら『稀代《きたい》の大悪女』らしいですからね。ひどい目に遭わされた相手には復讐もしますとも」

「……なにをした」

ユースティアが気づいていない、わたしがドレスに仕込んだ完璧な罠《わな》。

今思えば今回倒れたのもその罠を仕込んでいたからかもしれませんね。

そういえば今日は太陽暦五六八年、火の月の第四水曜日。そろそろあの子もパーティーに……。

あ。来た。

来た、来た、来た！　来ましたよ、うふふふ！

かなり遠くでわたしの神聖力が弾けました！　わたしの中に多少の力が戻ってきます。

わたしの身体がほんのりと光ったのをギル様も見たのでしょう。

「……神聖術？」

さすがはギル様。やっぱり分かりますよね。

「君が何かしたのか」

「うふ。うふふふ！　ギル様、明日の王都新聞を待てば真相は分かります」

「待てない。今話せ」

「せっかちですねぇ。では、話しましょうか。ギル様、お耳を」

誰かに聞かれたらまずい内容ですからね。

決してギル様のご尊顔を近くで拝見したいからではありません。

整ったお耳に顔を近づけて、わたしは唇を開きました。

「わたしがユースティアに仕掛けた罠。それは――」

◆◇◆◇

ユースティア・ベルゼは連合軍主催の舞踏会に出席していた。

会場はオルネスティア王国の王都で、太陽教会と関わりの深い者たちがたくさん出席している。

その実態は太陽教会への献金と聖女の優先的配置に関わる癒着だ、と彼女は見ていた。

（まぁそんなこと、あたしには関係ないんだけどね）

どこで誰が死のうが知ったことじゃないし。戦場とか、はっきり言ってどうでもいい。

（あたしはあたしが贅沢《ぜいたく》して、たくさん遊んで、顔のいい男たちが周りにいればそれで満足だし）

王宮のダンスホールは煌《きら》びやかな装飾と豪華なシャンデリアが目立つ、彼女好みの内装だ。

ユースティアが会場に入ると、それはもうたくさんの人たちが賞賛の眼差《まなざ》しで見てきた。

幼少期、ユースティアを踏みつけて嘲笑《あざわら》っていた奴らが、今では自分を崇《あが》めて讃《たた》えている。

ぞくぞく、とユースティアの胸に甘い痺れが走った。

（あぁこの視線、たまらないわ……♪）

それからユーステイア様の元に、次々と参加者たちが挨拶に来た。

「大聖女ユーステイア様。尊きお方にご挨拶申し上げます」

「顔を上げなさい。えっとガッテム子爵……」

「ホルト公爵です、大聖女様」

そっと耳元に囁《ささや》いてきた側近の足を踏みつける。今思い出そうとしてたところなのに。

苦悶の表情を浮かべる側近を無視して、ユーステイアはにこりと微笑みを浮かべた。

「顔を上げなさい、ホルト公爵。あなたに太陽神アウラの恵みが降り注ぐでしょう」

「ありがたき幸せ……！」

でっぷり太った気持ち悪い公爵が去ると、側近が苦い顔で言った。

「参加者のリストはお渡ししたはずです。全員の顔と名前は憶《おぼ》えてくださいと、あれほど……」

「うっさいわね。そんなの覚えられる訳ないでしょ」

（渡されたリストに何百人いたと思ってるの？　あんなの覚えられるのは超人だけでしょ）

「ローズ・スノウは覚えられたのに……」

ぼそり、と呟《つぶや》かれた言葉にユーステイアはカッとなった。

手に持っていたワイングラスを滑らせ、側近の頭にぶっかける。

「ごめんあそばせ、手が滑ってしまったわ。誰か、この子を控室に」

「貴様……」

「お前、誰に向かって口を利いているの？」

ユースティアが忌々しげに自分を睨む側近に告げると、側近は頭を下げて平伏《ひれふ》した。

「申し訳ありませんでした、大聖女様」

「ふん」

（そう、それでいいのよ。黙って従っているなら悪いようにはしないわ）

幸い挨拶はほとんど終わっていたから、それ以上名前を間違えることはなかった。

そして最後に、メインディッシュだ。

「「大聖女様にご挨拶申し上げます」」

今回、ユースティアのお目当てだったオルネスティア王国の第二王子！

連合軍の総司令官にして元帥を務める将来有望なイケメンが現れた。

（あぁ、さっきまで豚ばかり相手にしていたから心が洗われるようだわ）

金色の髪は太陽神の恩寵《おんちょう》を受けて輝き、エメラルドの瞳は宝石よりも透き通っている。

ちょっと痩《や》せぎすな気もするけれど、豪華な貴族服がお似合いで、大変によろしい。

（まぁ、その横の婚約者がちょっと邪魔だけど）

「お顔を上げなさい、あなた方に太陽神アウラの恵みが降り注ぐでしょう」

二人が深く一礼すると、ユースティアはここぞとばかりに攻撃を繰り出す。

「セシル元帥、ちょっと二人で話しませんか？　元帥と、大聖女として……ね？」

セシル様の腕をちょこんと引くと、彼は困ったような顔で笑った。

「さすがに二人というのはちょっと。私は婚約者がいる身ですので」

「まぁ。私《わたくし》は大聖女よ？　別にやましいことなんてないわ……ねぇ、アミュレリア様？」

「……ええ、そうですね」

隣にいる黒髪女の目は冷たい。それはユースティアがセシル様を誘っているからではないだろう。

さっきの側近もそうだった。ユースティアを蔑む、ローズと比べる視線だ――

（あぁ、ムカつく。どいつもこいつもあたしを見下しやがって）

（お姉様がなんだ、先代がなんだ、あたしはあたしだ。あたしを見ろ、あたしを崇めろ）

（お前たちの前にいるのは、ユースティア・ベルゼだ!!）

そのときだった。ユースティアはセシルが戸惑ったように自分を見ていることに気づいた。

「大聖女様、それは……？」

「え？」

ユースティアは彼の視線を辿《たど》って自分の身体を見下ろす。

ローズから奪った豪華な白いドレスは、なぜか光っていた。

胸のあたりから光が広がる。心臓から身体の隅々まで血液が送られるように。

「……っ、アミュ、危ない!!」

「きゃ!?」

次の瞬間、ドレスから光があふれて飛び出した。

それはまるで、飛ぶ矢のごとく。

異変に気づいて近づいていた参加者たちや、太陽教会の関係者に。

――刺さった。

「きゃぁあああああああああああああああああ！」

「あ、あなた、あなた!!　しっかりして!!」

「おい、どういうことだ、何が起こった!?」

「分からん！　大聖女様の服が光って、それで！」

（な、なにこれ。どういうこと……？　何が起こっているの……？）

さっきまでただの服だったのに、ドレスが神聖術の道具になって舞踏会の参加者を襲った……。

（そんなのって……そんなのって……！）

「大聖女様、早くこちらに――」

「大聖女ユースティア様！　説明を求めます！　一体何が……」

セシル元帥がユースティアの元に駆け寄ってきて、絶句した。

ユースティアは再び彼の視線を辿り、心臓が跳ねる。

「きゃあ⁉　な、なに……なんで……！」

神聖術を発動させた術式模様が、ドレスに浮かび上がっていたのだ。

彼女自身が犯人であることを示す、明らかな証拠。

「大聖女様、早くこちらに。聖女たちは負傷者の手当てを！」

「会場の出口を塞げ！　大聖女様に攻撃を仕掛けた者がいるはずだ！」

幸いにも見た者は少数。機転を利かせた教会関係者たちが慌ててユースティアを囲み、あたかも他に犯人がいるかのように仮面をつけた聖女たちや警備の兵士たちに指示を出していく。

ユースティアはただ、呆然《ぼうぜん》として何もできなかった。

舞踏会の裏口から王宮の廊下を歩きながら、側近の一人が毒づいた。

「くそ。面倒なことをしてくれた……‼　なぜあんなことを⁉」

「ち、違う。あたしは何もしてない！」

太陽神アウラに誓って、自分は何もしていない。

突然ドレスが光り出して参加者を襲ったのだ。

あれが神聖術なのは間違いないが、ユースティアのものでは決してない。

（何がどうして、こうなったっていうの……⁉）

◆◇◆◇

「まぁそんな感じで」

わたしはベッドの背もたれに身体を預けて笑います。

「今ごろ、王都の舞踏会は大混乱に陥っているでしょうね。会場中で居もしない犯人を捜し求め、聖女たちは負傷者の手当てに奔走し、やがて誰かがユースティアの代わりに冤罪《えんざい》をかけられる」

「大聖女を犯人にする訳にはいかないからか。つまり、君の狙いは――」

「うふふ。お察しの通り、太陽教会の権威を失墜させることです」

会場は入念な捜査が行われるでしょうから、冤罪をかけられた者は釈放されるでしょう。

それでいい。重要なのは『太陽教会の名を背負う大聖女が舞踏会の参加者を攻撃した事実』。

あとは舞踏会の参加者たちが勝手に噂《うわさ》を広めてくれます。

大聖女《ユースティア》の悪女っぷりから始まり、教会の腐敗、連合軍の堕落っぷりに至るまで。

やがて噂には尾ひれがつき、最後にわたしがとびっきりの毒を与えてやるのです。

――曰《いわ》く、大聖女は魔族と通じている裏切り者である、と。

普通なら信じない噂でも、不信の種が植えられていたら話は別。

「人は愚かです。民衆は与えられた情報を鵜《う》呑《の》みにし、一度不審に思うと次々に疑わしい情報を見つけようとする。特に『信じれば魔族から救われる』なんて謳《うた》っている太陽教会ですから、魔族と通じているなんて醜聞ですよ。あと一押し。最後のきっかけがあれば、太陽教会は終わりです」

うふ。うふふふ！

舞踏会で呆然としているユースティアを想像したら笑いが止まりません！

きっと彼女は訳も分からず、自分のせいじゃないと喚《わめ》いていることでしょう。

愉快な気分が止まりませんよ。

そんなわたしとは対照的に、ギル様は眉間に深い皺《しわ》を寄せて言いました。

「――つまり君は、自分の復讐のために罪もない者を傷つけたのか？」

「ノン。今日出席している関係者は連合軍と太陽教会の膿《うみ》そのものですよ。食糧の横流しから始まり、不正な献金、小隊の私物化、任務地の操作、実験用の死体提供など……太陽教会と連合軍の幹部はお互いにずぶずぶです。あの舞踏会は社交の場ではなく、取引の場なので」

「だが、万が一、ユースティアが放つ神聖術に無実の者がいたら……」

「そうだとしても、会場には聖女が何人も居ます。少々の負傷なんてすぐに治せますよ」

ここはぴしゃりと言い切ります。ギル様はお優しいですからね。

「もう一度言いますが、わたしの目的は太陽教会の権威を失墜させることです。わたしが仕込んだ神聖術に殺傷能力はありません。教会が大聖女の失態を隠し、その場にいる者たちが噂を広めればそれでいい。もちろん、ユースティアに痛い目に遭ってもらいたいのもありますけどね？」

「それが本音か」

「さぁ、どうでしょう？」

こういうの悪女の微笑みというのでしょうか。本当に笑えます。

「楽しみになさってください。もうすぐです。大聖女と一緒に太陽教会も破滅しますよ」

政治と宗教の癒着や大聖女の悪行など、正義感の強いギル様は大嫌いでしょう。

共に楽しんでもらえるかと思ったのですが、どうもギル様の顔色は優れません。

深く長いため息を吐きます。

「怖い女だな、君は」

…………まぁ、そうですよね。

さすがに復讐のためとはいえここまで周りを巻き込む女はドン引きでしょう。

今回はギル様を救うためより、だいぶ私情が入ってますし。

わたしは浮かれていた気持ちが沈むのを感じながら、布団で口元を隠しました。

「……やっぱり、こんな悪女が小隊にいるのは嫌ですか？」

「……」

さすがにね。この質問をするには幾分かの勇気が要りました。

わたしだって一人の女ですから。

顔も知らない誰かに悪女だなんだと呼ばれるならともかく、ギル様に嫌われるのは辛《つら》いのです。

まぁ結果は分かり切っていますけど。

それでも、わたしは。

自らの復讐を果たし、太陽教会を滅ぼし、それで、ギル様を。

必ずあなたを、救ってみせるから。だから——

「くっ」

え？　なに、突然。ギル様が笑った？

俯《うつむ》いたギル様の肩が揺れて。

「くはっ、はっははははは！」

え、えぇえええええ⁉　ギル様が、声をあげて笑ってらっしゃる⁉

ちょ、待って、待ってください。こんなに近くで推しの笑いを摂取していいんですか⁉

わたしが魔導光鏡《カメラ》を探していると、ギル様は笑いを止めてしまいました。

「確かに……俺は太陽教会も、聖女も嫌いだ。君にも良い印象はない」

その一言は、わたしの胸を深く抉《えぐ》ります。

あぁ、きつい。きついですね、これ。

思っていた百倍きついです。推しに嫌われるのは、きつい。

「そう、ですか……？」

こら、泣いちゃダメですよ、わたし。しっかりしなさい。

わたしはただのファン。推しに嫌われようと、推すことに迷いはありません。

震えちゃダメ。俯いたらダメ。

不敵に、悪女のように、貴婦人のように振る舞わないと。

「無感情に、誰かの命令のままに従う聖女など見るだけで吐き気がする」

「……っ、も、もうしわけ」

「だが――悪女は別だ」

え？

「ギル様……？」

顔を上げると、推しは微笑んでいました。

深い海色の瞳は優しく細められ、柔らかな眼差しがわたしの心を捉えます。

「君は聖女ではなく、悪女なのだろう。それなら、いい」

「あの」

「むしろ感服した。俺は君を舐《な》め切っていた。ただ虐げられるだけじゃなく、自ら復讐を果たし、世界まで巻き込もうとする気概。決して嫌いじゃあない」

わたしは一瞬呆《ほう》けてしまいました。

次第にじわじわと口元が緩んできて、思わず身を乗り出します。

「ま、まじですか⁉」

「あぁ」

ギル様はごほんと咳払《せきばら》いし、手を差し出しました。

「これからよろしく頼む、ローズ」

「……!!」

わたしは衝撃に撃ち抜かれました。

心が、震えます。

こんなに幸せなことがあっていいんでしょうか？

「いま、なまえ」

「名を呼ぶ。それが勝負の報酬だっただろう」

ギル様は照れるように顔を逸らしました。

「君の妨害があったとはいえ、負けたことは事実だからな。名前くらい……おい？」

あれ？　おかしいですね。なぜか視界がにじんでいます。

頰を熱いものが滑り落ちて、わたしの手を濡《ぬ》らしました。

「ぁ……」

これは、涙？

わたしは、泣いているのでしょうか？

ギル様は困ったようにおたおたしています。

「なぜ泣くんだ。俺が何かしてしまったか？」

「いえ……わたしにも分かりません」

涙が止まりません。胸が熱くて、どうにかなってしまいそう。

「涙は、悲しいときに流すものだと教わりました。なのに、どうして……」

「……馬鹿だな、君は」

ギル様は仕方がなさそうに微笑み、わたしの頭に手を伸ばしました。

推しの手が幼子をなだめるようにわたしの頭を撫《な》でてくれます。

「涙は、嬉《うれ》しいときにも出るんだ」

「嬉しいときにも」

「名を呼ぶだけでそんなに嬉しいなら……いくらでも呼ぶぞ、ローズ」

「……なら、もう一度」

「ローズ」

「もう一度」

「ローズ」

あぁ、何度聞いても推しから紡がれる言葉は気持ちが良いです。

しかもそれが自分の名前であるという感動といったら！

この胸の温もりは、百や千の言葉を尽くしても表しきれません。

「ギル様」

「なんだ」

「もう少しだけ、このままでいてもいいですか」

「……今日だけだぞ」

わたしは泣き続けます。そりゃあもう、たくさん泣きます。

推しに触れられている喜びと、名を呼んでもらえた感動。

今だけはこの喜びに浸《ひた》っていたいのに。夢にも思いませんでした。

――名を呼ばれることが、こんなにも切ないなんて。

第三章　絆《きずな》の力

心地よい湯気が纏《まと》う紅茶の香りがわたしの鼻をくすぐります。

サクッとした歯ごたえ。クッキーの甘みが紅茶に合い、たまらない味です。

「やはりリネット様のお茶は最高ですね。お店に出せるレベルです」

「あ、あぅ……こんなことしか役に立たなくてごめんなさい……」

「そんなことありません。あなたにはすさまじい才能がありますよ」

……今はちょっと、時期を見計らっていますが。

わたしとしてもそろそろリネット様の件に取り掛かりたいところなんですけど、優先順位的には一番下なんですよね。なにせリネット様なので。この方の自己評価は低すぎます。

ともあれ、遂行中の作戦は二つ。ギル様と『絶火《ぜっか》』のみんな仲良し大作戦と、ギル様を傷つける奴《やつ》らをぶっ殺しましょう大作戦。後者はまだ終わっていませんが、前者はなかなかいい感じでは？

わたしは左を見て頬を緩めました。

「まだまだァアアアアアアア!!」

「ハッ、負け犬ほど良く吠《ほ》える」

「テメェ一度俺に負けてんじゃねぇかクソが！」

「そんなことは忘れた」

「んだとォ⁉」

激しい剣戟音《けんげきおん》。迸《ほとばし》る魔術光。目まぐるしく動く二人の男。

ギル様とヘリオロープです。

場所は特務小隊の訓練室。わたしとリネット様がお茶をしている横で二人が模擬戦をしています。縦ロール《サーシャ》は審判役をしながらも、どこかもどかしそうな様子。

魔力操作と無詠唱の練習をしているようですが、上手《うま》くいっていないようですね。

けれども、以前とは違い、ここには特務小隊全員が集まっています。

ギル様と『絶火』のみんな仲良し大作戦、これにて完遂です！

「だぁ――っ！　また負けた！　クソッ‼」

「ふ。以前のはまぐれであったことが証明されたな」

「うっせぇぞクソボケ！　あとでもう一回やれや！」

「結果は分かり切っているが……まぁいいだろう」

「そうやって逃げてっと痛い目見て……って、おぉ、いいのかよ……そうか、へへ……」

うんうん、ギル様の歩み寄りが非常に尊いですね。

いけすかないとか言っていたヘリオの悪態もだんだん変わってきましたし。

さぁ次を始めましょうか。

ミッション②。人類みんなでギル様の推しになろう大作戦。スタートです！

「お疲れさまでした、ギルティア様」

「あぁ」

「あの」

縦ロール《サーシャ》はもじもじと指と指を合わせ、何かを言おうとしていました。

けれどやっぱり何も言わず、諦めたように首を横に振ります。

「いえ、やっぱりなんでもありませんわ……」

「そうか」

ギル様もギル様であまり興味がないのか、わたしのところに歩いてきました。

「俺は少し出てくる。君は大人しくしているように」

「わたしはいつも大人しくしていますが？」

「どの口が言う。まったく、大した悪女っぷりだな」

ギル様は呆《あき》れたように笑い、転移魔術で姿を消しました。

今朝の新聞を見て何か思うところがあったのでしょう。

『王都の舞踏会で魔術が発動！　魔族側の新手の罠《わな》か⁉』

新聞はこのような見出しで、ユースティアのことは何も書かれていませんでした。

わたしがユースティアのドレスに細工した件です。連合軍は全力で犯人を捜しているようですね。もしかしたら、調査が進めばここにも来るかもしれません。

「おい、ローズ!!」

「はい？」

ギル様が消えると、入れ替わるようにヘリオロープがやってきました。

赤髪は燃えるように逆立ち、模擬戦の汗が湯気になってむわりと立ち上っています。

「ちょっと面貸《つら》せや」

「え、嫌ですけど」

「ハァ!?」

なんでわたしがギル様でもない汗臭い男と二人きりにならないといけないんですか。

絶対にあり得ないってんですよ。断固お断りさせていただきます。

「いいから面貸せや！　テメェ、仮にも聖女だろ！　聖女は人の話を聞くもんだろ！」

「懺悔《ざんげ》なら教会でどうぞ」

「……ローズ」

ヘリオロープは何やら真剣な瞳でわたしを見てきます。

ちらりと彼が視線を向けたのは縦ロールです。

「……ハァ、まぁいいでしょう」

大体分かりました。もちろん二人きりはお断りですけどね。

「リネット様、行きましょう。どうぞわたしを守ってくださいませ」

「え、えぇ？　私も？　でも、サーシャさんが……」

リネット様が目を向けると、訓練室の中央でサーシャは手を振りました。

「わたくしはもう少し訓練を続けます。どうぞお気になさらず」

「そ、そう？　なら……うん、いいよ」

ヘリオロープは不満そうに頷《うなず》き、わたしたちを隊舎のリビングに導きます。

訓練室から離れたリビングでわたしたちは向かい合わせに座りました。

「なぁ、オメェ……サーシャの件、どうするつもりだよ。あぁ？」

「はあ。縦ロールには自分で考えるように言ったはずですが？」

「ざけんなッ!!　あいつはいつも必死に考えてんだよ!!」

机を叩《たた》いたヘリオロープが身を乗り出します。

「あいつはな。ロクデナシのオレ様やリネットと違って、ずっと小隊のこと考えて……オメェが来る前から、ずっと悩んでんだよ。それを『考えろ』だぁ!?　ちったぁあいつに気を遣いやがれ!!」

「そう言われましてもね。あの子が自分で気づかなきゃ意味ないんですよ」

悩むのは分かりますよ？　彼女には酷ですが、あの子の能力はギル様の完全な下位互換。

『一度目』のときは彼女の力に目を向けることもなく死んでしまったし。

「そもそも、あなたが不満なのはわたしではなく、あの子に何もできない自分でしょう？　わたしに八つ当たりするのはやめてくれますか。この駄犬」

「ん、ぐ……！」

ヘリオロープは言いたいことを呑《の》み込《こ》んで、苦虫を噛《か》み潰したような顔です。

どさりと座り込んだ彼は盛大にため息を吐きました。

「わぁってんだよ。そんなことは……それでも。力になりてぇだろうが」

「へ、ヘリオくんはサーシャさんのこと、大好きだもんね」

「は、ハァ⁉　ちっげぇから！　全然そんなんじゃねぇから！」

わたしとリネット様は顔を見合わせました。そして肩を竦《すく》めます。

「あ、あの。ば、バレバレだから……隠さないほうが、いいよ？」

「好きな子への想《おも》いを隠して好きじゃないとか言う男、ダサいですよね」

「あ、ぅ、お」ヘリオロープは意味のない呟《つぶや》きをします。頭を抱えて、特大のため息。

「…………そんなに分かりやすい？」

「あれで分からないのはギルティア様くらいじゃないかな。そんなところも推せるけど」

「分かりますっ！　人の気持ちに疎いところがいいんですよね！」

「そ、そう。だからこそ、ふとした仕草に出てくる人間味が尊いよね」

「分かります〜〜〜〜！」

「なに二人で盛り上がってんだクソがァ‼」

おっと失礼。同担拒否されたリネット様と話が合うのでうっかり。

「あ、あの、それで、いつ……告白、するの？」

お。リネット様、恋バナに乗り気ですね。

「戦場じゃ、いつ死ぬかも分からないんだし……は、早いほうが、いいよ？」

「そうですよ。何なら今から言ってきたらどうですか？」

「バッ、オメェ、バっ!! んな簡単に言えねぇわ！　つーかオレ様よりサーシャの話をだな……！」

「いやいや、あなたが本質的に望んでいるのはこの話でしょう」

サーシャの力になりたい。

好きな人に寄り添えない自分が悔しい。

ギルティア・ハークレイじゃない。ヘリオロープ・マクガフィンに振り向いてほしい。

「その手段として、あの子の問題をなんとかしたいって思ってるんじゃないですか」

ヘリオロープは真面目な顔になりました。

「ちげぇよ。確かにそれも……あるかもしれねぇが。それだけじゃねぇよ」

「こ、恋心は複雑なんだよ、ローズさん。単純だけど、複雑なの」

「ふむ。そうですか？」

また一つ勉強になりましたね。リネット様には教えられてばかりです。

「つーか、オレ様はまだ、弟みてぇにしか思われてねぇし……やっぱ無理だろ」

「ふ、二人は幼馴染《おさななじ》み……なんだよね？」

「あぁ、そうだよ。ウチの親がグレンデル家の派閥に入ってて……あいつぁ、ガキんころから余計なお節介ばかり焼いてきやがった。兄貴たちに負けるオレ様を見て……励ましてきやがったんだ」

「だ、誰も見てくれないヘリオくんを見てくれるサーシャさんに恋したんだね。わ、分かるよ」

「なんで分かんだ⁉」

「お、乙女小説の定番、だから。これでも、知識だけは豊富なんだ」

「リネット様、その本、今度貸してもらっても？」

「うん。いいよ。どれにしようかな。やっぱりまずは『嘘《うそ》つき王子と精霊姫』から……」

「もうオメェら二人で勝手に盛り上がってろよ、ったくよぉ……」

いやだって、リネット様とお話しできるのが楽しくて。

ヘリオの悩みは理解できますが、結局、自分の想いを伝えるしか方法はないんじゃないですかね。

「大体、オメェはどうなんだよ。ローズ」

「はい？」

「オメェ、あれだろ。ギルティアの野郎に懸想《けそう》してんだろ」

「あはは。まさか」

どや顔を決めて来たヘリオを一蹴します。

わたしがギル様に恋？　いやいや、馬鹿なことを言わないでください。

「推しとファンは節度を保たなければいけません。恋愛は推し活の禁忌です。ねぇリネット様」

「う、うん……そう、だけど」

リネット様は何やら言いたげにしていましたが、

「……そうだね。そうだと思うよ」

やはり何も言わず、ただ頷きました。

含むところがありそうですねぇ。まぁいいですけど。

「オメェら、分かってると思うが今の話はサーシャには内密に――」

「――わたくしを呼びまして？」

「うぉ⁉」

突然、縦ロールがリビングに入ってきました。

シャワーを浴びたのか、仄《ほの》かに花の香りが漂っている気がします。

な、なんと！　縦ロールではありません。髪を巻いていない姿を初めて見ました。

がったーん‼　と椅子を蹴倒したヘリオが震えます。

「さ、さささささ、サーシャ、オメェ、いつから……！　話、聞いて……⁉」

「ローズとリネットさんが楽しそうに話しているところからですが」

ぴくりと眉を揺らして縦ロールが言います。

「ふ、ふぅん、そうか。なら、いい」

「盛り上がっているようでしたので、微笑《ほほえ》ましくなりましたわ」

おやおや、ヘリオはホッとしているようですが、これは……。

わたしがじっと見つめていると、縦ロールは腰に手を当てました。

「さぁ、そろそろ休憩時間は終わりでしてよ！　訓練場に行って連係訓練ですわ！」

「サーシャ、オメェ……」

「自分の実力の無さに凹《へこ》んでいたんじゃないんですか？」

「「ローズ、オメェ《ローズ、オメェ》さん！」」

いや、こういうのははっきり言ったほうが本人も楽ですよ。たぶん。知りませんけど。

ほら、サー・縦ロールもまな板のお胸を張ってるじゃないですか。

「確かにまだ試行錯誤中ですけど……ヘリオですらギルティア様に体術で勝るとも劣らない成長を見せているのに、わたくしが落ち込んでなんて居られませんわ」

ですら、という言い方に不満があるのかと思えば、ヘリオは何も言いません。

こういうときに突っ込まない気遣いは長所だと思いますよ、本当に。

「さぁ行きますわよ！　三人とも準備なさい！」

……ふむ。正直、ギル様が居ないならわたしが行く意味はありませんが……。

まぁ、この機会に『人類みんなでギル様の推しになろう大作戦』を進めましょうか。

◆◇◆◇

連合軍前線司令部がある幕舎から数百メルト西に進んだ四角形の建物。

全長一キロルにも届きそうなそれは、実戦を模した訓練場です。各小隊舎にある訓練場は魔術や剣術の訓練用の施設ですが、ここでは小隊同士で訓練をしたり、模擬戦をしたりできます。

月に一度は全部隊がここに集まって、総司令官からありがた～いお話を聞いているのだとか。

縦ロールのそんな説明を聞きながら、わたしたち四人は訓練場を歩いていました。

焦げた匂い、激しい剣戟の音、魔術の光、兵士たちのざわめきが聞こえてきます。

仮面をつけた聖女たちが壁沿いにずらりと待機していました。がんばれ、妹たち。

「今さらですが、小隊の訓練室じゃダメだったんですか」

「隊舎の訓練室は狭すぎますから。決闘ならまだしも小隊の連係を深めるのには向いてませんわ」

「ギル様は呼ばないので？」

縦ロールは苦い顔をしました。

「あの方とは実力が違いすぎて訓練になりません。それに……」

「実戦でギル様に求められるのは厄介な敵を叩きつつ戦力を削《そ》ぐ機動力であって、味方と連係する戦い方は非効率的であり、そもそもギル様の気質的に向いていない、ということですか」

「分かっているじゃありませんの」

「縦ロールに分かることがわたしに分からないはずないでしょう」

「サーシャ・グレンデルです！　まったく……」

とはいっても、今のギル様なら一緒に訓練できそうな感じはありますけどね。

ヘリオロープと前衛を二枚、中衛に縦ロールさん、後衛にリネット様って感じで。

「あ」

「……？　どうしましたの？」

そうか。その手がありましたか。

中衛。確かにこのポジションなら、縦ロールさんの器用貧乏を活《い》かせる――

「おい、あれ見ろ。『生贄小隊《いけにえ》』じゃね？」

そのときです。わたしたちを見てこそこそと喋《しゃべ》る兵士を発見しました。

それにつられたのか、他の兵士たちも次から次へとわたしたちを見てきます。

「ほんとだ。まだ隊員減ってねぇじゃん。珍しい」

「いやどうせすぐ死ぬだろ。かわいそうに、あの『死神』のところになんてさ」

「ま。しょうがないんじゃね？　あいつら問題児ばっかだろ。死んでも惜しくない人材だし」

「隊長が『死神』だしな。いくら強くても孤立してるのが分かんねぇんだろうな、マジで」

「いっそボッチ小隊って名前に変えたほうがいいんじゃね？」

「ぎゃっははははは！　『死神』が！　ぼっち！　笑かすなよお前……！」

「あいつら……！」

わたしはいきり立つヘリオロープの前に手を差し込みました。

「オイ‼　オメェ、仲間があんな風に言われて悔しく……」

「ヘリオロープ。剣を貸してくれます？」

「あ？　あ、あぁ。まぁいいけど。なにするつもりだ？」

「決まってます。こうするんですよ」

わたしはヘリオロープから剣を受け取り、噂《うわさ》をしていた兵士のところに歩きました。

壁沿いでトランプに興じている愚か者です。周囲には酒瓶も転がっています。

わたしが彼らの前に行くと、彼らは怪訝《けげん》そうに眉根を寄せました。

「ぁ？　なんだお前、どっかで会ったこと」

「死になさい」

そして思いっきり剣を振り上げました。

「「ちょっと待った――‼」」

兵士の頭をカチ割ろうとしたところで後ろから羽交い絞めにされました。

わたしが振り上げた剣は、兵士の鼻先でピタリと止まっています。

「縦ロール、赤犬。止めないでください。今すぐこの愚か者たちを皆殺しにします」

「ばっかじゃありませんの⁉　そんなこと許される訳ないでしょう‼」

「そうだぞオメェ！　五発くらい殴るだけで済ませとけや！」

わたしは二人を振り払い、刺突するように剣を引きました。

「な、なんだこの女……！」

「お前たちは、誰のおかげで安穏として居られると思ってやがるですか？」

「……っ！」

「ギル様が厄介な魔獣を片付け、ギル様が率先して任務をこなしているから今の小休状態がある。その恩恵にあずかってるお前たちがギル様の悪口を言うなら、今すぐその首叩き斬ってやるっ‼」

思いっきり剣を突きます。くそ。避《よ》けられました。

わたしの本気が伝わったのか、悪口を言っていた兵士たちは及び腰になります。

「お、おい。この女、マジだ……！」

「ざけんなよ、悪口言った程度でそこまでキレることねぇだろ⁉」

「全員そこに並びなさい。今すぐ殺してやりますから」

わたしは剣で空を切り、周りを見渡して狙いを定めます。

「あぁくそ、オレ様たちの声なんか聞きやしねぇ……！　おいリネット！　なんとかしろ！」

「え、えぇ……？　なんとかって」

「なんでもいいですわ！　とにかく止めてください！」

まずは一匹。それから生首をさらし上げ、二度と愚か者が出ないようにしないと。

「オメェの声なら届くかもしれねぇだろ！　オレ様、どれだけ狂暴でも女は殴れねぇ!!」

「や、やってみる」

大丈夫。さっき悪口を言った奴の顔は把握しています。

とりあえず顔面を削ぎましょう。鼻に焼いた針を入れて、それから――

「ろ、ローズさん、ステイ!!」

ぴた、とわたしは動きを止めました。

振り向けば、リネット様が心配そうにわたしを見ています。

「だ、ダメ、だよ。ローズさん、そんなことしちゃ」

「なぜですか？　奴らは推しの悪口を言いました。ファンとして許せません」

「ローズさんがそんなことしたら、推しが悲しむよ。それはダメ、でしょ？」

「……ギル様はむしろ褒めてくれそうですけど」

「殺すのは、ダメ。本当にローズさんがあの人たちをやっつけたいなら、もっとやり方を考えないと。ギルティア様なら、すぐに苦しみが終わるようなやり方は選ばないよ」

「……確かに。生き地獄を見せる必要がありますね」

さすがはリネット様。わたしの推し活の師です。

わたしが剣を下ろすと、ホッとした顔のヘリオロープに剣を取り上げられました。

「もう二度とオメェに剣は渡さねぇ。冷や冷やさせんな、ボケェ」

「本当に……せっかくまとまりかけた部隊が崩壊するところでしたわ」

「大袈裟《おおげさ》ですね。一人や二人殺したところで問題になりませんよ」

「「「大問題だよ《です》！」」」

むぅ。この三人、なかなかに息が合っていますね。

ギル様と『絶火』の仲良し大作戦、効果抜群じゃないですか？

ともあれ、忘れないうちに奴らに名前を聞いて後で制裁を――

「おいおい、やりっぱなしでトンズラするつもりかよ、あ？」

いつの間にか、わたしが剣を突きつけた男が目の前に居ました。

酒が回った赤らんだ顔で杖《つえ》を掲げています。

「お、おい、やめとけって……!!」

「うるせぇ!!　この女、俺たちのこと心底馬鹿にしてやがった。黙ってられっかよ！」

「……やっぱり殺したほうがよかったのでは？」

「やれるもんならやってみろや、このクソアマぁっ!!」

やけになった兵士の杖先から魔術陣が展開しました。

「《燎原《りょうげん》の火よ、爆《は》ぜよ》、《我が刃と為《な》れ》、『爆発刃《エクスプロージョン》』!!」

「ローズ、避けろ！」

やれやれ、本当に人間は度し難いですね。

こんなことをしても立場が悪くなるだけだと分からないとは。

わたしは眼前に迫りくる炎に手を掲げ、『浄化《ディスペル》』の神聖術を使おうと――

「貴様、俺の隊員に何をしている」

その瞬間でした。前方の空間が歪《ゆが》んで男性が飛び出し、炎を消しました。

「「「⁉」」」

ぎ、ギル様⁉

いきなりギル様が転移してきました！　なぜ⁉

「「し、『死神』……‼」」

わたしを攻撃した男の部隊全員が戦慄したように呟きます。

ギル様はすばやく周囲に視線を走らせました。

「リネット、状況報告」

「は、はいぃ！　ギルティア様の悪口を言った相手にローズさんが暴走して、その人を殺そうとしたところ、私たちが止めて事なきを得たんですが、そのあとにその人が逆ギレしまして……‼」

「……なるほどな」

「ギル様、ギル様、なんでわたしに聞いてくれないんですかっ？」

「君に聞くと主観的なものになると判断した」

「まぁ！　失礼ですね。ギル様の悪口を言った奴が死刑なのは世界の真理ですよ？」

「それが間違っているというんだ、馬鹿者」

ギル様は頭が痛そうに額を押さえ、地面に転がる酒瓶を足で小突きました。

「……軍も軍だな。腐った連中を在籍させるのは税金の無駄だと何度も言ってるのに」

「あの、ギル様……怒ってます？」

「怒っていないように思うか？」

「はひ。目が笑っていないので怒ってるかと……!!」

「まったくだ。隊舎に居ないから感知して飛んできてみれば」

え？　ギル様が、わたしの頭に、手を置いて。

ゆっくりと左右に動かして……これはまさか、撫《な》でてくれてます？

「俺の悪口云々《うんぬん》は建前で、軍の規律を正そうとしたんだろう」

「え、えっと」

「悪役を演じるのも大概にしろ、馬鹿者」

どうしましょう。

ギル様、勘違いしちゃってますよ。

まったくそんなつもりじゃなくて、単に許せないから殺してやろうと思ったのですが。

「Si.　……すみません」

「分かればいい」

なんとなく訂正する気にはなれず。

頭を撫でてくれるギル様の顔を、わたしはしばらく直視できませんでした。

「なんだこの空気……どうすりゃいいんだ。とりあえず全員ぶん殴るか？」

「あなたも大概でしてよ、馬鹿ヘリオ。そんなことしたら余計問題に――」

夫婦《めおと》漫才を繰り広げる縦ロールとヘリオに感化されたのか、

「つーかアレ見ろよ。あの『死神』があんな顔するなんて……」

「誰だあいつ、ほんとに『死神』か？　おれ、自信がなくなってきたんだけど」

何やら酒飲み連中もそんなことを言い始めました。

よし、暴力は禁止されましたが、ここはわたしが大聖女として景気よくお説教を――

「これは何の騒ぎだ？」

む。誰ですか、せっかくの推しと触れ合う貴重な時間を邪魔するのは。

……ふむ。誰かが通報したのか。高級将官のバッジを着けた男が歩いてきます。

縦ロール《サーシャ》によく似た金髪、整った容姿、筋肉ムキムキの体型をした男です。

「お、お兄様……！」

「……サーシャか」

あぁ、思い出しました。

確か名は、ファラン・グレンデル。グレンデル家の長兄であり次期後継者。

こいつには舞踏会で挨拶をされたことがあります。ふーん、元気そうですね。

「訓練以外で小隊同士の小競り合いは禁止されている。双方、軍法会議にかけられたくなければ剣を引け。どうしても今ここで決着をつけたいなら、このグレンデルが相手をしてやる」

「ひ……！　お、俺はそんな……す、すみませんでしたぁぁああ！」

酒飲み男たちは逃げていきましたけど、いいんですかアレ。

「まったく……あとで処罰だな」

あ、そこはちゃんとするんですね。しかもなんだか酒瓶とか拾いましたよ、この人。

筋肉ムキムキ男がゴミ拾いをしているシュールな光景です。ちょっと面白い。

「それで……お前はここで何をしている。サーシャ」

「わ、わたくしは……特務小隊の皆さんと、訓練をしようと」

「ふん。お前が訓練？　やめておけ。グレンデル家の恥をさらすだけだ」

「……っ」

筋肉男が冷たく言うと、縦ロールがびくりと肩を震わせました。

比較的小柄な縦ロールの前に立つ兄は、かなりの威圧感がありますね。

「お前がいくら努力しようと、そこのギルティアには一生届かない。いつまで子供の憧れで戦場を穢《けが》すつもりだ？　お前のような甘ったれ、いつか魔族が攻勢に出たときに真っ先に死ぬぞ」

「おい、オメェっ‼　言っていいことと悪いことがあるだろうがっ‼」

「事実を言っているまでだ……君のほうは腕を上げたようだな、ヘリオ」

「お、おぉ……まぁ……ってそうじゃなくてだなっ！」

「変わっていないのはお前だけだ。サーシャ」

筋肉男はあくまで妹を排除したいようですね。虫を見るような目で見ています。

縦ロールも縦ロールで事実だから言い返せず、悔しげに裾を握っています。

「わ、わたくしはっ、確かに、まだ未熟ですが……」

「『まだ未熟ですが』なんて言い訳が通じるほど魔族は甘くない。だからお前はダメなんだ」

「……っ‼」

「今すぐ軍を辞めろ。ましてや特務小隊など……落ちこぼれのお前が戦場の切り札になり得ると思うのか？　なぁサーシャ、頼むよ。これ以上グレンデル家の恥をさらさないでくれ」

穏やかな口調だからこそ、その言葉には真実味があり、切実さがありました。

あるいは彼の言葉は正論なのでしょう。正論お化けが放つ正論のボディーブローです。

縦ロールはダメージを喰《く》らってノックアウト寸前。ゴングは今にも鳴ろうとしています。

「――お言葉ですが、間違っていますよ」

でも、それじゃあ困るんですよね。

「あなたは……」

「久しぶりですね。ファラン・グレンデル」

うふふ。縦ロールにはグレンデル家の窓口になってもらわないと。

にっこり笑うわたしに視線が集中し、ファランが勢いよく跪《ひざまず》きました。

「ご挨拶が遅れました。大聖女様。太陽の導きに感謝を申し上げます」

「あ、わたし大聖女もうやめたので。そんな挨拶は不要です」

「そういう訳にはいきません。あなたには命を救われた恩があります」

ありましたっけ？

「……ならその恩、これから返してもらいましょうか。敬虔《けいけん》なる信徒ファラン」

「は。と、言いますと……？」

「あなたが落ちこぼれと言ったこの縦ロールですが、わたしは見所があると思っています」

縦ロールが弾《はじ》かれるように顔を上げました。

今は無視です、無視。

「お言葉ですが、妹には大聖女様が思うような実力は……」

「そこです。ファラン。賭けをしませんか？」

「賭け、ですと？」

筋肉男が怪訝そうに眉根を寄せ、ギル様が耳元に顔を寄せてきました。

(おい、君、何を考えている?)

きゃっ⁉　お、推しの、息が耳元に……‼

ちょっとこれは危険……失神しそう……ってダメです、今は大事なところなので!

(わたしに任せてください。あと離れてくれますか。近いです)

小さな声でギル様に応じてから、わたしはごほんと咳払《せきばら》い。

「――来たる太陽暦五六八年、水の月の第二月曜日。えぇっと来週ですかね。特務小隊『絶火』に任務が下されます。単なる魔獣駆除の任務ですが……そこにあなたの小隊も加わっていただきたい」

「……なぜそれを?」

「未来予知です。わたし、大聖女なので。神聖術って便利ですよねー」

ギル様が物言いたげです。はい嘘です、未来予知なんてもう使えませんよ。

「勝負をしましょう。わたしたちと、あなた方で。どれだけ魔獣を多く狩れるかを」

「それは……しかし、私は大隊を率いる身で……」

「直属の小隊は受け持っているでしょう?」

「……ですが、それでも勝負になりません」

筋肉男は複雑そうにわたしの背後に立つギル様を見ました。

思惑通りです。よくぞギル様を見てくれました。

「大丈夫です。今回、ギル様には任務から外れてもらいます」

「おい、どういうことだ」

ギル様が聞いていないぞ、という顔でわたしの肩を摑《つか》んできます。

推しに触れられて最高の気分ですが、それはそれ。ここは譲れません。

「ギル様が居たら勝負にならないじゃないですか。一人で千人分の働きをするでしょう」

「……まぁな」

否定せずにまんざらでもなさそうなギル様。素敵です。

「だから今回は邪魔です。いつものように一人で違う任務をどうぞ」

あれ？　ご機嫌な顔が一瞬で不機嫌に転じました。

「君は、また……何度言えば分かるんだ」

「なにがですか？」

「もういい」

ギル様は不貞腐《ふてくさ》れたようにそっぽ向き、転移で消えました。

……推しに対してきつい言い方になってしまいましたが、許してくださいね、ギル様。

ギル様が消えたのを見て、筋肉男が腕を組みます。

「まぁ、ギルティアが居ないなら……勝負の景品は何にするつもりです？」

「そちらが勝てば縦ロールには連合軍を辞めてもらいます」

「な、何を言っていますの⁉」

「あなたは黙っててください。それから、わたしたちが勝てば……」

わたしは満面の笑みを浮かべます。

「グレンデル家には特務小隊『絶火』の犬になってもらいます」

「「「は？」」」

「パンを買って来いと言えば買いに行き、金を出せと言われれば喜んで差し出し、足を舐《な》めろと言われれば迷わず舐める。なんでも言うことを聞くペットのようなものです」

「いや、それは」

「へぇ。落ちこぼれと蔑んだ妹に負けるのが怖いんですか？」

筋肉男の視線が鋭くなりました。うん、いい感じですね。

わたしは縦ロールの背中に手を回し、胸を張りました。

「うちの縦ロールを見くびってもらっちゃ困りますね。この子はやるときはやる女ですよ」

「ローズ、あなた……」

縦ロールがなんだか感じ入ってるようですが、わたしの標的はグレンデル家です。

「それで、どうします？」

「分かりました。受けましょう」

その後、誓約書を交わして、わたしたちは訓練場を後にしました。サインをしたときの、筋肉男の勝ち誇った顔といったら！　よっぽど縦ロールを除隊させたいようですね。

「ローズ、あんな大口を叩きましたけど、勝算はありますの？　お兄様は……」

「強い。もちろん分かっています。一級魔術師の称号は伊達《だて》じゃありません」

「まぁでも、オレ様たちなら余裕だろ！　泥船に乗ったつもりで任せとけって！」

「へ、ヘリオくん。それ沈む……あぅ……私、大丈夫かな。また遺書書かなきゃ……」

わたしは立ち止まり、威勢よく吼《ほ》える赤髪を見つめました。

「ヘリオロープ。あなたは……」

「あ？　なんだよ」

わたしは少しだけ迷いました。

「……いえ、うるさいので静かにしてくれますか」

「んだとぉ⁉」

「それがうるさいと言っているのですわ。本当にあなたは……」

「し、仕方ねぇだろ、相手はオメェの兄貴なんだし……！」

地味にビビってる赤髪野郎《ヘリオロープ》と呆れた様子の縦ロール。

姉弟のように戯れる二人の姿を見つめながら、わたしは『一度目』のときを思い出します。


太陽暦五六八年、水の月の第二月曜日。

この日、ドルハルト高山地帯にて哨戒《しょうかい》および魔獣駆除の任務に当たっていた軍人四名、聖女一名が死亡した。当初は単なる魔獣の攻撃による死亡と考えられていたものの、現場に派遣されたギルティア・ハークレイにより魔族の侵攻であったことが発覚。ギルティアによって侵攻は食い止められたものの、彼は足に大きな傷を負い、その後の行動を制限されることとなった……。

そう、これが『一度目』における正史でした。

今回の任務は魔獣ではなく、魔族の侵攻。わたしがギル様を外したのは筋肉男を勝負の土俵に上げることの他にも、ギル様の負傷を防ぐためでもありました。そして――

ヘリオロープは、今回の任務で死にます。

『一度目』のときも同行小隊は筋肉男で、一番先に死んだのも筋肉男でした。

そして兄の死にショックを受けた縦ロールが立ち尽くしているところを魔族が襲い、縦ロールを庇《かば》ったヘリオロープが死亡。その後、絶望した縦ロールは自ら死に場所を探すようになり――

「ふぅ……正念場の一つですね、これは」

気合を入れ直さないといけません。

実力を上げた今ならヘリオロープが死ぬことはないと思いますが、もしも運命の強制力のようなものが働くのであれば、今回の任務の成否によってギル様が救えるかどうかが決まると言えます。

正直、今ここで魔族の侵攻を教えてしまうのも考えましたが、あまり未来が変わりすぎると『一度目』を知っているアドバンテージを失い、ギル様を救うことが難しくなる可能性がある。

……うん、やっぱり教えないままでいきましょう。

わたしの目的はあくまでギル様の救出。

他の人が助かるならそれもいいですが、あくまで副産物です。

何かを得るには何を捨てる。それが『一度目』で知った世界の真理なのですから――

「と、ところで……皆さんに渡したいものがありますの」

「はい？」

小隊の隊舎に帰ると、縦ロールが何やらもじもじしながら言い出しました。

あんなことがあって訓練できなかったので、てっきり個人訓練を促すかと思いましたが。

「こ、これを……」

縦ロールが軍服のポケットから取り出したのは五つの首飾りです。

五つそれぞれが色違いで、星を模した金属の板がついています。

「これは？」

「お、お守りですわ」

縦ロールが縦ロールをくるくる弄びながら言います。

「ほら、うちの小隊は死亡率一〇〇パーセントと言われていますでしょう？　そんなの、悔しいじゃありませんか。わたくしはギルティア様を含めたこのメンバーで、生きて帰りたい。だから……」

電撃に撃ち抜かれたような衝撃が走りました。

縦ロールの言葉が、想いが、わたしの意識を塗り替えていきます。

——あぁ、そうだ。わたしは。

「……ふ。ふふっ」

「な、なんで笑いますの⁉」

失礼、思わず笑いがこみ上げてきました。

縦ロールがあんまりにも健気《けなげ》で、それに……。

「確かに、ギル様が『死神』だなんて言われっぱなしなのも癪《しゃく》です。それに……」

大事なことを、思い出しました。

何かを得るには何かを捨てる。確かにそれは世界の真理なのでしょう。

けれど最善だけを追い求め、機械的に生きた、『一度目』の人生でわたしは何を得ました？

何も、残りませんでした。

何かを得るには何かを捨てなければならない。これは太陽神教の教えです。つまりクソです。

そんな真理、犬にでも食わせなさい。

「——最善よりも最高の結果を目指す。まさかあなたに気づかされるとはね」

「ローズ……？」

深く息をつきます。憑《つ》き物《もの》が落ちたとはこのことです。

「いいでしょう。わたしとて、みんな救えるならそれに越したことはありません」

ギル様も救う。特務小隊『絶火』も救う。

それが、それこそが、わたしの推し活。わたしが決めた、わたしだけの生き方です。

──わたしはもう、我慢しないって決めたんですから！

ヘリオロープが嬉《うれ》しそうに手を伸ばします。

「じゃあオレ様はこの赤いやつだな。かっけぇじゃん」

「じゃ、じゃあ私もこのオレンジのやつ……えへへ。可愛《かわい》い……ありがとう、サーシャさん」

「なら私はこの桃色のやつを。ふふ。ローズピンクでしたっけ？　わたしの名前と同じですね」

「みんな……」

「泣いている暇はないですよ、縦ロール」

わたしは縦ロールの瞼《まぶた》を指で拭ってやります。

「来週までにとことん部隊の完成度を上げないと。このままじゃ誰が死んでもおかしくありません」

「わ、わたくしの名はサーシャです！　いい加減に覚えてくださいまし」

「ふふ。来週の任務で生き残ったら呼んであげます」

「……っ、絶対ですわよ！」

「でもよ、実際問題どうすんだよ。今も壁にぶち当たってるんだろ？」

「……そうですわね。正直、どこをどうしたらいいか分かりませんわ」

縦ロールが力なく肩を落としました。

「わたくし一人じゃ、とても……」

「そうですね。あなた一人じゃ無理ですね」

わたしが告げると、リネット様やヘリオロープから物言いたげな視線が来ます。

でも、縦ロールは違いました。彼女はハッ、と顔を上げて、

「わたくし、一人じゃ…………………そうか!! そういうことですの!?」

わたしに詰め寄ってくる縦ロール。ちょっと近いです。

とはいえ今は許しましょう。わたしも気づいたのはさっきですし、内緒ですけど。

「わたくし一人じゃ成長には限界がある。ならば、よそから力を借りればいい……!」

縦ロールは顔を輝かせて言います。

「つまりは魔道兵装!! 一人で足りないものは武具で補えばいいんですわね?」

わたしは悪女のように、最初から気づいていた体で笑います。

「よくぞ気づきました。あなたなら気づくと思っていましたよ」

「今からじゃ発注しても間に合わない……いえ、そもそもわたくしにどんなものが合うのかも分からない。グレンデル家の魔具を借りる……? いえ、いえ、今さらわたくしが力を借りられない……」

あ、聞いていませんね。まぁいいでしょう。

「そんな職人なんかに発注しなくても、ここに居るじゃないですか。魔道具作りの天才が」

「はい？　いや、そんな人どこにも……」

「いやいや、居ますよ」

うふふ。ようやくお披露目できますね！

わたしは胸の中を喜びで満たしながら彼女を抱き寄せました。

「ほえ？」

当の本人は呆《ほう》けた顔で首をかしげています。

わたしは後ろからニコニコ顔で彼女の両肩に手を置きます。

小動物のように怯《おび》える、そばかす顔の、ぱっとしない、けれどわたしの大切なお友達。

「そう、このリネット・クウェンサ様こそが、窮地を切り開く鍵なのです！」

「「は⁉」」

わたし以外の面子《メンツ》は信じられない様子です。

「いやいやいや、ローズ、言いたいことは分かりますが、それは……！」

「言っちゃなんだがリネットは落第生だぜ？　天才とかじゃ」

「ノン。あなたたちは間違っています。そもそもリネット様の何を知っています？」

「──魔道具作りの名門中の名門。クウェンサ家を追放された落ちこぼれ、ですわ」

縦ロールが気遣わしげにリネット様を見ました。

リネット様はきつく唇を結んで、蒼《あお》い顔で俯《うつむ》いています。

「ですけれど、リネットさんは……」

「ま、魔術が、下手すぎる、から。だから……魔道具職人には、なれない」

魔道具は自分の魔力で編んだ魔術式を魔導媒体に刻み込み、魔術を発動させるものです。

その際、素材となる魔石に自分の魔力を馴染《なじ》ませる必要があり、刻み込む魔術式も結構な魔力を必要とします。リネット様には、この魔力が致命的に足りませんでした。だから――

「わ、私は、役立たずだから。魔力が少ない……要らない子、だから。無理、だよ。私が、そんな」

「ノン！」

だからこそ、特務小隊を救う鍵になる。

「ノンですよ、リネット様。あなたがそんなことでどうしますか！　あなたはできる！　あなたにしかできないんです！　いい加減に自信を持ちなさい！」

「で、でもっ!!　無理なんだよ、私が何をやっても、誰も助けられない――」

わたしは胸に手を当てて言いました。

「少なくとも、ここに一人、あなたに救われた女がいます！」

リネット様は目を見開き、見る見るうちに涙を溜《た》めます。

「ろ、ローズさんは、どうして、そんなに私に……」

「あなたに救われたからです」

「あ、あなたに会ったことなんて！」

「リネット様が覚えていなくても、わたしは鮮明に覚えています」

もちろん『一度目』のリネット様の話ですけどね。

目を瞑《つぶ》って思い出すと、今でも胸の中が温かいもので満たされます。

あのとき、あの瞬間、わたしの人生は変わったのです——


あれは『一度目』のとき、特務小隊の面子がリネット様とギル様、わたしだけになったころです。わたしは小隊付きの聖女として仮面をつけ、無感情に治療に励んでいました。

もちろん神聖術はほとんど使えなくなってましたから、原始的な手当てですよ。

ギル様は魔王やら特級魔獣の相手に出かけており、リネット様は一人で迎撃任務に当たっていました。二人が死んだあとのリネット様は、とにかく戦場で逃げ回っていたと思います。

そのせいで後ろ指を差され、味方から爪弾《つまはじ》きにされ、そして——魔族に腕を落とされました。

診療所では血まみれで、元気に暴れ回っていました。

『いだい、いだいいだいいだいいだいいだいいだいいッ、やだあ、いだいよぉおおおお！』

『大丈夫ですか』

『う、腕ッ、私の、腕が、やだ、やだやだやだやだ、もうやだよぅ……！』

痛み止めの魔薬が注射されてるはずでしたが、効いていなかったようです。

まぁ生産コストがかかりますからね、アレ。粗悪品だったのかも。

リネット様は子供のように泣きわめいていました。

うるさいので口を塞ぐか真剣に考えました。

しかし、『聖女』は慈悲を振りまくのも仕事の一つ。

わたしは優しく微笑みかけました。

『大丈夫です。しっかりと切断されているのでくっつきますよ』

『ほ、ほんとですか……?』

『聖女は嘘をつきません。めちゃめちゃ痛いですが我慢してくださいね』

『い、痛いの……?　痛いのやだよ、やだ、やだ！　もう、ヘリオくんもサーシャさんも居ないのに……無理だったんだよ……もういっそ、殺してよぉ……！』

その言葉が聞きたかったのです。

『Si.　あなたに光あれ』

『え？』

思いっきりナイフを振り上げると、リネット様は瀕死《ひんし》のまま身体《からだ》をひねりました。ミスリル製のナイフは床を貫通して刺さってましたね。わたしは避けるのが不思議でなりませんでしたが、リネット様は蒼褪《あおざ》めた顔でした。

『な、ななな、なに、するんですか……？』

『殺してくれと言われましたので』

『あ、ああああれは比喩というかなんというか、本当に殺す人がいますか⁉』

『小隊員の命令に従うのが聖女の役目です』

殺してくれと望むなら殺しましょうとも。

魔族との戦争も長引いていましたし、いっそ楽になりたい方も多かったですし。

わたしがそう言うとリネット様は顔をくしゃりと歪めて激しく首を振りました。

『い、いや！　私はまだ死ねないんです。まだ、死ねないんです！』

『そうですか？』

『だってまだ、推しと話してないもん。推しと話すまで死ねないもん！　せっかく同じ部隊になったのに、私、役立たずで……！　こんなの、やだよ！　まだ死にたくないよぉ！』

『なら、治療を受ければいいかと。それだけ動ければ腕がなくても大丈夫かと思いますが』

『う、腕は要ります！　治してくださいお願いしますぅ！』

『Si. ではそこにお座りください』

『うぅ、聖女様がこんな人なんて、初めて知りました……ぇぇえん、ぇぇええん……』

なだめるのにずいぶん手間がかかって面倒でしたね。

ただ、そこからの治療はかなりスムーズで、リネット様は声をあげることも我慢していらっしゃいました。わたしが教官なら花丸をあげたい気分でしたよ。

包帯を巻き直しているとき、わたしは先ほどの疑問を投げつけました。

『リネット様。推しとはなんでしょうか』

『推しっていうのは……応援したい人っていうか、この人のためなら尽くせる！　って思う人……ですかね。こ、こんな私が生きてるのも……推しの、おかげです』

『そうなんですか』

『推しがいたら心が豊かになりますよ。推しが幸せなら自分も幸せになれるんです』

『……心。推しがいれば、心が分かりますか』

『きっと分かります。聖女様には、推せる人いないんですか？』

『推しという概念を初めて知りました。興味深いです』

『あはは。そうですか……なら』

ごろんと転がって、リネット様は笑いました。

『聖女様にも、いつか推せる人が現れたらいいですねぇ』


——その一年後、リネット様は死にました。


ギル様を第八魔王の攻撃による被弾から守るため、身を挺《てい》して庇ったのです。

だからわたしはリネット様に全幅の信頼を置きますし、この人を尊敬しています。

今はおどおどしていて、ただの小動物っぽい可愛い女の子ですが……。

弱くても、怖くても、リネット様は最期、信念に殉じました。

それは奴隷のように生きていたわたしにはできない、人間らしい生き方で。

弱い者が強い者を庇う、矛盾したヒトの生き様が、ひどく羨ましかったのです――

「――リネット様は、心が強い方です」

記憶の旅を終えたわたしは『今』のリネット様に言います。

「あなたには勇気がある。わたしはそれを知っています。それで……十分なのです」

「わ、私に……」

リネット様は何やら考え込んで、顔を上げました。

「わ、私も、ローズさんみたいに、なれるかなぁ……？」

「うふふ。無理ですよ。リネット様にはリネット様の、とびっきりの魅力があるんですから」

わたしとリネット様は違いますからね。

「さぁ、方法はわたしが伝授します。あなたにできるすべてを魅せてください」

「……っ、うん。ろ、ローズさんがそこまで言うなら……やるだけ、やってみる」

「その意気です。縦ロール、あなたもそれでいいですね？」

「サーシャです。……まぁあなたがそう言うなら任せましょう。ヘリオの実績もありますし」

「何でもいいからやっちまえよ、なんとかできるならよォ」

「もちろん。わたしはやりたいようにやりますよ」

ヘリオロープを生き残らせ、縦ロールとリネット様を覚醒させる。

そして何としても推しの負傷を防ぐのです。

さぁ始めましょう。運命を変える戦いを！

◆◇◆◇

ドルハルト高山地帯は標高四千メルトにおよぶ高所である。

龍脈同士がぶつかる特殊な磁場によって大気中に満ちるマナが乱れ、上手く魔力が働かないこともざらだ。魔力嵐と呼ばれるこの現象は強力な魔獣が跋扈《ばっこ》するこのエリアにおいて死を招く。

「――あいつらにはまだ無理だ」

前線都市ガルガンティア。都市の中央に位置する幕舎の最上階。

『総司令官室』にて、ギルティアは言い放った。

「俺は言ったはずだぞ、セシル。奴らを任務から外せと」

「言われたけどさー。特務小隊『絶火』にはかなり予算枠が振られているんだよ。どれだけ君がごねようと、簡単な任務内容に変更するのも限度がある。色んなとこから圧力がかかったのさ」

ギルティアの碧眼《へきがん》が苛立《いらだ》ちを帯びて金髪の男を睨《にら》みつけた。

セシル・ファルド・フォン・オルネスティア。

連合軍総司令官にして第二王子の立場を持つ、ギルティアの旧友である。

執務机の書類を片付けながら彼は困ったように笑う。

「この前まで使われていなかったその予算が、今になって使われ始めた。いい機会じゃないか」

「……何の機会だ」

「問題児扱いされているとはいえ、君のところの特務小隊は尖《とが》った才能を持つ者を集めた部隊だ。まぁグレンデル家の令嬢だけは派閥の力関係で無理やり入れられたんだけど……ともかく、彼らの力を示すいい機会だろう？　最近、マクガフィン家の不良も力を伸ばしてるらしいし」

ギルティアは苦い顔で目を逸《そ》らした。

ヘリオロープが実力を伸ばしているのは事実だ。

しかし、彼一人ではドルハルト高山地帯を攻略することはできない。

「ところで、なぜここに来て特務小隊が急激に変わり始めたのかな。何か心当たりある？」

「……知ってて聞いているだろう」

「うん。でも君の口から聞いておきたくて」

露骨に話を逸らすセシルにため息をついて、ギルティアは質問を返した。

「……なぜローズを……先代大聖女を小隊に入れた？　それも圧力か？」

「そうだよ。太陽教会たっての希望さ。断れる訳がないよね」

「先日依頼した調査は？」

「うーん。君の知りたいことは出てこなかったよ」

以前からギルティアはセシルに太陽教会の調査を依頼していた。

ローズ・スノウ。

稀代《きたい》の大聖女と呼ばれる彼女が追放された、本当の理由を知るためだ。

（現大聖女ユースティアに嫌われているという話は、まだ分かる。だが、大教皇が好き嫌いで追放できるほど先代大聖女の座は軽くないはず……ローズが持つ経験と知識はそれほどの価値がある）

それとも、ローズはまだ何か隠しているのだろうか。

リネットやヘリオロープのように、大教皇が追放すると決めるほどの欠陥を、何か――

「それにしても変わったよね、ギル」

セシルが面白そうに笑った。

「以前までの君なら他人に興味を抱かなかった。仲間の身を案じて重い任務をこなしているのは相変わらずだけど……君が誰かを知りたいと思うなんて、初めてのことじゃないか？」

「……ふん。奴には一杯食わされたからな。その腹いせのようなものだ」

「腹いせ、ねぇ」

「お前が考えているようなことは何もない」

「本当にそうかい？　そのときになって、後悔しないようにね。昨日まで喋っていた友達が今日には死んでいる。僕らが身を置いているのは、そういう理不尽な現実なんだからさ」

セシルは無責任にそう言って、背もたれに背を預けた。

「ま、安心しなよ。君がそう言うと思ってファランの小隊にも同行を許可したんだ。なんだかんだ言って、君の部隊も守ってくれるはずさ。ファランは優秀だ。魔獣相手なら問題ないでしょ――」

◆◇◆◇

「――想像以上の仕上がりですね」

わたしは高台で戦場を見下ろしながら、特務小隊の活躍ぶりに満足しました。

丘陵地帯に湧いて出る魔獣たち――先鋒《せんぽう》は以前にも戦った『鋼兎《はがねうさぎ》』です。

どすん、と一歩歩くだけで地面が揺れる魔獣はヘリオロープに突撃します。

『行くぜオラァアアアアアアアアアア！』

一気に距離を詰めるヘリオロープ。すれ違いざまに放った一刀が鋼兎を縦に両断します。

やりますね。まさか魔術を使わずここまでやるとは……。

一見すると痩《や》せ型のように見えるヘリオロープですが、彼はかなり身体を鍛えているようです。

魔力による肉体強化にとどまらない鍛錬は、彼を一級の戦士に育て上げました。

『へ、ヘリオくん。右斜め後ろ、三百メルトから敵が接近！　数は五体！』

耳に着けている魔導通信機からリネット様の声が響きます。

戦闘が苦手なリネット様は戦うことをやめ、観測手に専念しているのです。

ふふ。我ながらナイス配置ですね。

『わたくしが行きますわ！』

――さぁ、お披露目です。

颯爽《さっそう》と駆け出した縦ロールが腰のホルスターから二丁の武器を取り出します。

全長三十センチ、銃口に行くほど幅が広い武器には引き金がついています。

魔導銃。魔術が発展する以前に存在したと言われている古代技術の遺産です。

銃身に魔術陣を刻み、魔術を収束させて弾丸のように解き放つ魔導銃はひときわ繊細な魔力操作が要求されます。ひとたび集中を欠けば銃身が暴発し、手が吹き飛ぶ危険すらあります。

実際、魔導銃が開発された当時は事故が多発し、一度は開発が中止になったらしいです。

とはいえ、

『さぁ、華麗に舞いますわよ！』

縦ロールの銃口に魔術陣が浮かび、三体の魔獣に熱線を放ちました。

矢より速く、魔力の揺らぎを隠す魔導銃の煌《きら》めきは、簡単に魔獣の胴体に穴を開けます。

そう、ひとたび魔術の発動と収束に長《た》けた者が扱えば、魔導銃は強力な武器となるのです！

その魔導銃を二本。

胸の前でクロスさせた縦ロールさんは不敵に笑いました。

『欠けていた半身を取り戻した気分ですわ。どんどん行きますわよ！』

『リネットぉ！　指示は任せたからなぁ！』

『う、うん！』

ふふ。いいですね、よくぞここまで成長してくれましたよ。

これまではヘリオロープが先走り、縦ロールが指示を飛ばし、リネット様が失敗することで悪循環が生まれていましたが、魔道具技師《マイスター》であるリネット様を観測手に専念させ、縦ロールを中衛に置くことで機動力のある素晴らしい部隊に成長しました。この前に戦った『鋼兎』の死体が山ほど積み上がり、やがてやって来た獅子蛇《マンティコア》すら簡単に仕留めてしまいました。

「これから、死の運命を変えることも……」

わたしの胸に希望が湧いてきます。

すべての魔獣を倒した縦ロールとヘリオロープが、誇らしげにわたしを見上げてきました。

「ふふ……帰ったらギル様にご褒美をねだらないといけませんね」

彼らなら、ギル様の隣に立つ者に相応《ふさわ》しい。

あの子たちを配属させた総司令官に感謝しなければなりません――

突如、甲高い悲鳴が響きわたりました。

特務小隊の声ではありません。ましてや魔獣の断末魔でも。

『え、え……⁉ な、なに、今の……！』

「――始まりましたか」

間違いなく『一度目』で起きた魔族の襲撃でしょう。

ファラン隊の誰かがやられたのだと推測しますが……あの筋肉男《ファラン》を失う訳にはいきません。

「全隊員に告げます。おそらくファラン隊が魔族と交戦中。今すぐ現場に急行します」

『魔族……⁉』

「遠見の神聖術で見ました。大丈夫、今のあなたたちなら倒せる相手です」

もちろん嘘です。神聖術に遠くを見る術なんてありません。

『べ、別にビビってねぇし！　魔族がなんぼのもんじゃって感じだし⁉』

『どの道、いつかは戦う相手です。そのときが巡って来たかと思えば……』

「その意気です。フォーメーションは今のままで。行きますよ」

『了解！』

現場に急行したわたしたちが見たのは凄惨な光景でした。

周囲に転がっている魔獣は五十体以上。首を失った死体が二つ。仮面と魔石が転がっています。

「ハァ、ハァ、ハァ……‼」

「おいおい、こんなもんかよ、劣等種！」

荒く息をつく筋肉男が睨みつけるのは異形の矮軀《わいく》でした。

人が七、犬が三の割合で構成された人と異なる生物——

俗にいう狼男《おおかみおとこ》というやつですね。中隊規模の狼男たちが筋肉男を取り囲んでいます。

「あれが、魔族……!!」

おや、縦ロールさんは現場で会うのは初めてですか。幸運ですね。

ヘリオロープは剣をきつく握りしめています。

ちなみにわたしとリネット様は遠く離れた場所で岩陰に隠れています。戦えませんので。

あ、魔族がヘリオロープたちに気づきました。

「んだァ……？　援軍か？」

「サーシャ……⁉　なぜ来た、今すぐ逃げろ!!　こいつは軍団長だ！」

「おうとも！　第五魔王魔下《きか》、遊撃軍団長、『魔狼のオルトロス』たぁ、おれのことよ！」

魔族が獲物を見つけた肉食獣の笑みを浮かべました。

「わざわざ死にに来てくれてありがとよ、これで奴を呼べるってもんだ」

軍団長は八体の各魔王に仕えている、魔族を率いる特異個体です。一級魔術師二人分の実力を持つとも言われてますから、ここまで筋肉男が生き延びたことは健闘したと言えるでしょう。

「しかし、奴ですか……やはり彼らの狙いは……」

「お兄様、今、助けますわ!!」

「待て、お前たち――」

「行きますわよ、ヘリオ!」

「オレ様についてこられなかったら置いていくぜ、サーシャ!」

ヘリオロープが魔族たちに向けて飛び出しました。勢いがいいですね。

「メインディッシュの前の準備運動《オードブル》だ。テメェら、相手にしてやれ!」

オルトロスの指示を受けた狼男が三人飛び出しました。

剣術と体術だけを極めたヘリオロープも人間ですから、肉体性能でいえば魔族に劣ります。

わたしが来る前の彼ならここで死んでいたでしょうけど、

「気・合・最・高!! 《爆裂大炎刃》!!」

今の彼にはあらかじめ魔術を仕込んだ懐刀があります。

剣士と見て安易に間合いに飛び込んだ狼男たちは丸焼きになりました。

どよめく魔族たちです。とはいえ、いくらヘリオロープが成長したといっても中隊規模の狼男たちを一度に相手はできません。まだまだ経験の浅い彼には隙ができる。その死角を――

ダァン!! と、魔導銃を使いこなす縦ロールが補うのです。

「お兄様、わたくしはグレンデル家の令嬢。ここで退く女ではありませんわ」

縦ロールをふわりと揺らし、彼女は言いました。

「《強き者が弱き者を守る《ノブレス・オブリージュ》》。ずっと守られてきたわたくしが、今度はお兄様を守ります！」

「……っ」

「調子に乗ってんじゃねぇぞ、劣等種どもがぁぁあ！」

縦ロールの背中に飛び掛かる影。颯爽と駆け抜けた筋肉男が狼男を斬り伏せました。

「お兄様!!」

「私はずっと……お前は戦場から遠ざけるべき、か弱い女だと思っていた」

包囲網を突破した筋肉男は優しく笑います。

「しかしいつの間にか——グレンデル家の名に恥じない成長を遂げていたのだな」

「ぁ……」

「サーシャ。私はお前を誇りに思う。今こそ、この言葉を言おう」

筋肉男は剣を構え、こちらに向かってきた軍団長に足を向けます。

「背中は任せたぞ。我が妹よ」

「……っ、はいっ!!」

ふむ。彼一人なら軍団長一人を相手にできるということでしょうか。

なかなかに優秀……いえ、違います、これは。

「避《よ》けなさい、ファランっ!!」

わたしが大声を出したそのときでした。

「遊びは終わりだぜ」

オルトロスの腕が肥大化し、

「え……？」

「ごふっ」

筋肉男の胸をオルトロスの腕が貫きました。

わたしは奥歯を噛みしめました。

――狼男は獲物をすぐに殺さず、なぶる習性がある。

「お兄様ぁあああっ‼」

「……せめて、お前だけでも……お前を傷つける、この腕は‼」

筋肉男が死に際に叫びます。

「オ、ォオオオオオオオオオオオオ‼」

「な⁉」

オルトロスの腕は筋肉男に刺さったまま切断されました。

悲鳴をあげた軍団長は飛び下がります。筋肉男は――倒れました。

『ろ、ローズ‼　ローズ‼　応答してください！　お兄様が……！』

わたしは歩きながら耳元の通信機に手を当てて頷きました。

「既に現地に向かっています。リネット様はそのままヘリオの援護を」

『う、うん。分かった。へ、ヘリオくん。聞こえる？　後ろに敵が五体。まずは左から処理したほうがいいと思う。後ろのほうの魔族は何か変な動きをしてて……』

『了解だクソ野郎！　あぁ、おいローズ、早く来い！　ファラン兄《にい》が‼』

わたしはおのれの愚かさに、きつく唇を噛みしめました。

――油断、していたのでしょうね。

ヘリオロープや縦ロールの想像以上の成長を目にして気が抜けていました。

『一度目』の世界でギル様を負傷させた魔族は……何か小細工したに違いないって。

まさか小細工なしでここまでの力があるなんて……。

いえ、今は後悔している場合ではありません。

「戦場に突入します。ヘリオロープ、援護を」

『任せとけオラァ‼』

通信機による声と肉声による声が同時に聞こえます。

わたしの存在に気づいた魔族に対し、ヘリオロープが突撃していきました。

さて、到着です。

「ローズ……！　あの、あの、お兄様が……‼」

「今から看《み》ます。縦ロール、少しの間、わたしの護衛を」

「は、はい……！」

縦ロールが背中を向け、わたしは仰向けに倒れたファランを見ました。

切断された狼男の腕が胸の中央に刺さり、そこからどばどばと血が流れています。

「これは……致命傷です。助かりません」

「そんな⁉」

千人以上の兵士を看取ってきたわたしが言うのですから、間違いありません。

かろうじて心臓は外しているようですが、この腕を抜いた瞬間、彼は失血死するでしょう。

わたしはすぐに決断しました。

「全隊員に次ぐ。撤退します」

『「⁉」』

わたしは運命の強制力のようなものを感じてなりませんでした。

今この場でもたもたしていれば、やがてヘリオロープが死に、駆けつけたギル様も……。

それだけは絶対に阻止せねば。

幸い、筋肉男の奮闘によって軍団長は後方に下がり、傷の手当てを受けています。

今なら——いえ、今だけは撤退できる。

『……っ、了解！　サーシャ、ファラン兄を！』

「え、えぇ……‼」

ヘリオロープが猛攻に出ると、縦ロールが筋肉男の肩を担ぎ始めました。

「ローズ、あなたも手伝ってください！」

「え。何してるんですか？」

「何って、決まっているでしょう！　まだ生きてるんですから、早く医療部隊に」

「いやだから、致命傷ですって。残念ですが、その人は捨て置いてください」

「⁉」

『おい、ローズ‼』

通信機越しにヘリオロープがきゃんきゃん吠えています。

おや。わたし、何か間違ってこと言ってます？

「もうすぐ死ぬ人間を助けてどうするんですか。あなたまで死にますよ？　大体、訓練場であんなに酷《ひど》いことを言われてなぜ助けるんですか。理解に苦しみます」

一時の感情に惑わされて戦場で死ぬ兵士をごまんと見てきました。いくらヘリオロープが成長したからといってお荷物を抱えれば無事じゃ済みません。そうなれば『一度目』の二の舞です。

わたしは運命を変えたいだけなのに――

あなたたちを助けたいだけなのに、なぜ分かってくれないんですか？

「ローズ。あなたの言うことは、正しいかもしれません」

縦ロールが決然と言います。

その瞳の奥に宿る、輝かしいまでの意志にわたしは息を呑《の》みました。

「それでも、わたくしはお兄様を見捨てることはできません」

「……自分が死ぬとしてもですか」

「家族を見捨てるくらいなら、死んだほうがマシですわ!!」

「…………本当に、これだから」

正しくないと分かっていながら自ら逸脱し、正論に歯向かい、不利な状況に行く。

生存戦略からすれば愚の骨頂。愚かすぎて目も当てられない行い。

あぁ、だからこそヒトは――かくも美しいんですね。

「あなたと筋肉男、どちらも死ぬのは困ります。そちらに寝かせてください」

「え、でも、先ほどは助からないと」

「助かるかどうかは五分五分です。わたしの身体が持つかどうかにかかってます……なので、期待はしないでください。あなたはわたしを守るように」

「は、はい!」

さてさて、久しぶりだから上手くいくか分かりませんね。

わたしは袖をまくり、右手を筋肉男の胸に、左手で胸に刺さった腕を摑みました。

「《星空の彼方《かなた》より来たれ》、《原始の光、癒《いや》しの波動》、《我が手に宿り顕現せよ》」

うわ、これきついですね。身体中からごっそり力が抜ける感じがします。

頭がふらふらして今にも倒れてしまいそうです。

右手が灯《とも》すまばゆい光にあてられながら、わたしは一気に腕を引き抜きました。

「《大治癒《レジェンダリー・ヒール》》」

その瞬間、こぼこぼと噴き出した血が肉体の中に舞い戻り、再生が始まります。

ぐぉぉお、と身体の内部で神経が、組織が修復され、やがて。

「がはっ」

「お兄様!!」

筋肉男が息を吹き返しました。

縦ロールが武器を放り出して駆け寄り、筋肉男を抱きしめます。

「ファー兄様、あぁ、よかった……!!」

「サーちゃん……？　ここは……昔の呼び名……天国か……？」

「ハァ、ハァ……いつまでも呆けてないで起きてください」

「ローズ、あなた……顔色が……」

「ふ。ふふ。こんなの余裕のよっちゃんですよ。さぁ、早く、離脱、を」

「ローズ!!」

あぁ、縦ロールの腕に抱き留められてしまいました。

どうせなら推しの胸に抱かれたかったんですけど。

まぁ、今ここにギル様が居たら困りますから仕方ないですね。

「大聖女様……このご恩は忘れません。今すぐ離脱を」

「――させると思ってんのかよ、劣等種どもが」

「うがっ⁉」

わたしを背負うサーシャと護衛する筋肉男。

軍団長に殴り飛ばされたヘリオロープが飛んできました。

「ヘリオ⁉」

「だい、じょうぶだ！　でもあいつ、速《はえ》ぇ……‼」

「このオルトロス様の腕を斬ってくれた罪、高くつくぜ、劣等種ども！」

ヘリオは持ち前の身体能力で防御したようですね、さすがは前衛です。

軍団長配下の狼男たちで残っているのは六名――に見えますが。

『ろ、ローズさん！　後方で怪しい動きをしてた狼男たちが動き出したよ！』

やっぱり、何かしら企《たくら》んでいますよね。

奴らは何かを待っている。『一度目』のときを思えばその何かは明白です。

――ここまで、ですか。

結局、運命には勝てないって言うんでしょうか？

だから言ったのに、筋肉男を置いて逃げたほうがいいって。

どうしてわたし、従ってしまったんでしょう。

「ギル様……」

「呼んだか？」

来ないで、ほしかったなぁ……。

「ギルティア様!!」

空から降ってきたギル様に、『絶火』の面子が希望を見つけたように輝きます。

わたしだって、ギル様のお顔が見られて嬉しいです。

でも――

「なんで、来たんですか、ギル様」

ギル様は、ここに来たらいけない人なんです。

『一度目』のときはここに来たせいで足に一生の傷を負いました。

わたしたちを助けるためにここに来たら……また繰り返すことになります。

ギル様はわたしに振り向き、仕方なさそうに肩を竦めました。

「君が無茶をしていないか気になってな」

「ギル様は聖女が嫌いだったはずでしょう。わたしは来ないでって言いました。なのに!!」

「ふん。君はいつから俺に命令できる立場になったんだ」

推しは悪しざまに言います。

「さっさと逃げろ。ここは俺が食い止める」

「嫌です！」

わたしは血反吐《ちへど》を吐きながら叫びます。

ギル様は愕然《がくぜん》と目を見開きました。

「…………今、なんと言った？」

「嫌と、言ったんです。推しを置いて一人で逃げるなんてありえません」

わたしが告げると、推しは固まってしまいました。

なぜそんな顔をされるのか分かりません。当たり前の話でしょうに。

あの『死神』が来たというのに狼男たちに動揺が見られません。

それどころか、ようやく来たと言いたげな顔をしているのです。

絶対に何か企んでいる。それが『一度目』の負傷に繋《つな》がったに違いないのに！

「君は、俺が一人だと魔族に負けると思ってるのか？」

「いいえ。ギル様なら余裕で勝てます」

「ならどうして」

「わたしがギル様の仲間だからです」

「……っ」

推しに仲間だと公言するのは推し活的にどうなんでしょうと思いますけど。

わたしがやりたいのは推しを救うことであって、呼び名は関係ありません。

大体、気に入らないんですよ。

筋肉男の致命傷もそうだし……まるで、ギル様の怪我《けが》が運命みたいじゃないですか。

もしもこれが運命だとしたら、この人を救えないと言われているみたいで。

「俺は君を仲間だと思ったことはない」

ギル様は冷たく言いました。

感情の読めない表情でわたしを睨んでいます。

「君は先代大聖女で、放置してはおけない存在だ。だから容認していた。それだけだ」

「それでも、わたしはギル様と共に戦いたいです」

「断る。共に戦う仲間など、俺には必要ない。それに君は、もう限界だろう」

…………あー、もう！

この推し、分からず屋では⁉

推しのくせに生意気です！　強情さの塊ですか⁉

確かにわたしの身体は限界ですけど！　もうほとんど身体も動きませんけど！

わたしはあなたを救いたい。それの何が悪いんですか⁉

「ヘリオロープ、グレンデル兄妹《きょうだい》、とっととそいつを連れていけ」

「いや、オメェ……」

「……っ、行きますわよ、ヘリオ、ローズ。リネットさん、あなたも離脱を」

『りょ、了解！』

「……死ぬなよ、ギルティア」

ためらうヘリオを筋肉男が引っ張り、縦ロールがわたしを背負って走り出します。

「ちょ!?」

なんでギル様を置いていきやがるですか、この縦ロール！

さすがのわたしも激おこですよ。もう許しませんよ！

ていうかこの縦ロール、力強いですね。

さっきから頑張ってるのに引きはがせません。

そろそろ身体に力が入るぐらいには回復してきたんですが。

「今すぐ離してください。その縦ロール引きちぎりますよ」

「あなた馬鹿ですの!?　その身体じゃ足手まといですわ！」

はぁ？

「大体、あなただってファランを置いていくのに反対したじゃないですか！　どうしてギル様のときは率先して置いていこうとするんですか!?　ぶっ殺しますよ!?」

って痛っ！　この縦ロール、後ろ向きに頭突きをしやがりました！

おでこが腫れています。これは事案です。

「なにするんですか！」

「それはこっちの台詞《せりふ》ですわ！　さっきと今では状況が違います。あなただって『死神』ギルティア・ハークレイ様のご勇名をご存知でしょう⁉　彼は第三魔王を討ち取った冷血なる豪傑でしてよ⁉　あなたはもう十分頑張ったじゃないですか！　あとはあの方に任せておけばいいんです！」

つまり、ギル様が最強だから後は任せておけばいいと？

縦ロールは一拍置いて、

「それにあの方は……言ってはなんですけど」

苦虫を嚙み潰したように言いました。

「仲間と共に戦うのが不得手です。連係訓練だってしたことありませんし、それに……」

「『浄化《ディスペル》』」

「え？　きゃぁ⁉」

縦ロールさんはわたしを取り落としてごろごろと地面を転びました。

ふう。最初からこうすればよかったですね。

彼女は魔力で身体を強化しているのですから、『浄化《ディスペル》』をかけてあげれば力は抜けます。執拗《しつよう》にわたしを抱きかかえていた腕もほどけるって寸法ですよ。ざまぁみろです。あ、神聖術の無駄遣いでまた鼻血が出てきちゃいました。げほ、げほ……無駄に体力使いましたよ……。

ユースティアに罠を仕掛けたままだったら死んでいましたね。

ともあれ、ずいぶん離れてしまいました。もうギル様の姿も見えません。急がないと。

「ちょっと！　何しますの⁉」

がばッ、と起き上がりながら縦ロールは叫びます。

わたしも同じく身体を起こしながら髪を払いました。

「お黙りなさい。ギル様が強いことなんてあなたたち以上に知っていますよ」

なにせあの方、二年後に第八魔王と渡り合うくらいですからね。

縦ロールさんに言われるまでもなく、彼は世界最強です。

「じゃあ、どうして」

最強だから、負けたのです。

「いつまでギル様に頼ってるつもりですか？」

ヘリオも、縦ロールも、筋肉男もひゅっと息を呑みました。

心当たりがあるような目をしていますがどうでもいいです。

「ギル様におんぶに抱っこが嫌だから修行したんじゃないですか。恥ずかしくないんですか。いつまでギル様の陰に隠れているつもりですか？　あなたたちは、特務小隊『絶火』の仲間でしょう！」

「それは……」

「──オメェの言う通りだ」

それまで空気のように黙っていたヘリオが言います。

がしがしと赤髪を掻《か》いて「あー！」と叫びます。うるさいです。

「オレ様、ダセェな。あいつに勝ちたいってずっと思ってて……心の底では、あいつが最強だって認めちまってる。あいつがどんな奴か分かってるのに、いざとなったらあいつに押し付けて……」

「……わたくしだって……置いていきたい訳じゃ……」

縦ロールが悔しげに言うと、ヘリオが言いました。

「なら、一緒に越えようぜ、この壁を」

「……ヘリオ」

「天才と凡人の壁を。ギルティアの野郎とオレ様たちの間に隔たる、でっけぇ壁ってやつをよ。今ここで越えなきゃ、オレ様たち、ずーっとあいつの陰に隠れてる気がする。そいつぁ違《ちげ》ぇだろ？」

「……わたくしは」

「オレ様ぁ思うんだが……《強き者が弱き者を守るべし《ノブレス・オブリージュ》》ってやつ。強き者は誰が守るんだ？」

縦ロールがハッと顔を上げました。

ヘリオロープは不敵に笑い、親指で自分の胸を差しました。

「決まってらぁ。仲間だ。誰か一人じゃねぇ。お互いがお互いを助ける。それが仲間だろ」

「仲間……でもあの方は、わたくしたちを仲間だとは……」

「認めさせりゃあいい。そうだろ、ローズ」

「珍しくいいことを言いました。わたし、割と本気で見直してます」

「素直に褒められねぇのかオメェ!!」

いやいや、本当に本音なんですけどね。

この男がこんなに義に厚い男だとは知りませんでしたよ。

「あぁ、もう、分かりました、分かりましたわ！」

縦ロールが吹っ切ったように叫びます。

「わたくしだって、あの人に負けてられません。行きますわよ！」

「ハっ、上等だ！」

「……本当に、強くなったのだな、お前たちは。あのサーちゃんがここまで……お兄ちゃん嬉しい」

筋肉男が涙を拭いています。最後のシスコンで全部台無しです。

「ファラン。あなたはドルハルト砦《とりで》に行って援軍を呼んできてください。救援信号が届いていないか、魔獣に足止めを喰らっている可能性があります」

「了解しました。お前たちも、武運を祈る」

「「おう！」《ええ》」

さぁ、急がないと。

ギル様はまだ戦っているようですね。戦闘音が聞こえますし。

「……オレ様たちが行く前に全部終わってたりしてな」

「ギル様は勝ちます。勝ち方が、問題なのです」

負傷はさせません。もう二度と、一人になんてさせません。

最強の頂に立つあの人に寄りかかって縋《すが》りついて、潰れさせたりしません。

たとえギル様が拒絶しようとも――

わたしは必ず、あの人を救ってみせます！

◆◇◆◇

（――おかしいな）

ローズたちに撤退を促したギルティアは違和感を抱いていた。

対峙《たいじ》する魔族たちに逃げる様子がない。自分の顔は知れ渡っているはずだが。

それどころか――

「おい、人間……お前、『死神』ギルティア・ハークレイだな？」

「だったらどうした」

途端、片腕を失った魔族は口元を三日月に広げた。

「ようやく来たか。待ってたぜ、テメェが来るのをっ‼」

これまでギルティアの名を知った魔族たちの反応は大別して二つ。

恐れをなして逃げ出すか、やけになって特攻してくるか。

(それなのに、逃げ出すどころか喜ぶだと？　何を企んでいる)

狼男は魔族の中でも狡猾《こうかつ》で慎重派として有名だ。

強者と見るや否や、仲間を捨てて逃げ出すことも珍しくはない。

だからこそ同族で同じ部隊に固められているのだろうから。

「……まぁいい。何を企んでいようが同じことだ」

ギルティアはおのれの内在魔力を練り上げ、特級魔術を準備する。

「《凍《い》てつく氷よ、在れ》、《其《そ》は混沌《こんとん》より生まれし者》、《停滞する氷魔《ひょうま》の覇者》」

詠唱を始めると、魔族たちの足元に巨大な魔術陣が広がった。

濃密すぎる魔力はここら一体を氷原に変え、魔族たちを氷漬けにする圧倒的な力の塊だ。

触れたら最後、死ぬまで氷の中に閉じ込められることになるが――

ニィ、と片腕の魔族が口の端を上げた。

「お前は確かに強《つえ》ぇよ、『死神』。魔王様方が一目置くだけあるぜ」

「……」

「だがな、魔術を使えなきゃただの人だろ？」

その瞬間、ギルティアの魔術陣がふっと消えた。

龍脈から吸い上げていた魔力の手応えも、霞《かすみ》のようになくなってしまう。

「なに……⁉」

「来た来た来たぁっ！　俺たちの、時間だ‼」

地面が爆砕し、またたく間に迫った豪速の蹴りを、ギルティアは右手を盾に防いだ。

ふわりと浮いた身体が衝撃で吹き飛ぶ。

空中で体勢を立て直す隙を与えず、狼男二人の踵《かかと》落としが追撃。

地面に落下したギルティアは起き上がりざまに短剣を放ち、狼男たちを牽制《けんせい》した。

（……魔力が練れない。外部からのマナが遮断されている？）

ギルティアはすばやく周囲に視線を走らせた。

岩陰に隠れた狼男たちが何らかの魔術装置を動かしている。

「……なるほど。ドルハルトの魔力嵐を利用した封印術か。小癪《こしゃく》な真似《まね》を」

「おいおい、もうバレてやんの。さすがだな、『死神』」

魔力嵐。龍脈と龍脈が交差する場所で起こる魔導災害の一種だ。

龍脈同士がぶつかることで世界に満ちるマナが弾かれ合い、マナの空白地帯ができる。

魔術は通常、大地に流れる龍脈から魔力を吸い上げ、体内の魔力回路がイメージをマナに伝え、事象を具現化する技術だから、マナがなくては事象を具現化できない。

おそらく狼男たちは人為的に魔力嵐を引き起こす細工をしたのだろう。

「これでテメェは終わりだぜ、『死神』ぃ！」

確かに彼らの言う通り、どれだけ卓越した魔術師でも魔術を奪われればただの人間だ。

勝ち誇ったように笑う片腕魔族の膂力《りょりょく》は並みの魔族と一線を画している。

おそらくは軍団長クラス。その魔族を相手に魔力による肉体強化だけでどれだけやれるか――

「……あのときと、同じ状況だな」

因果は巡る。逃げ続けた過去は追いかけてくる。

ギルティアの脳裏にかつての記憶が蘇《よみがえ》ってきた。

◆◇◆◇

ギルティア・ハークレイは比類なき天才である。

五歳で新たな魔術を開発し、従来とまったく異なる新機軸の魔道具を開発する。この発明は国の魔導技術を十年押し進めたと言われている。だが、彼が幸せであったかと言えばそうでもない。

大きすぎる才は周りとの軋轢《あつれき》を生み、口にもできない色々なことがあって、彼は実家と縁を切った。

そうしなければ領地も両親もすべてがダメになるという判断だった。悪化し続ける家庭環境から一度離れてみては、という従姉《いとこ》の――アミュレリアの意見もあった。

ギルティアが入隊したのは連合軍独立特務小隊『絶火』。

各国のエリートが集まる対魔王部隊である。

『ギルティア・ハークレイだ。俺の足を引っ張らないように気を付けてくれ』

『はは！　生意気な奴が入って来た！　いいねいいね、嫌いじゃないよ！』

『ここじゃ天才は珍しくないから安心しなよ～。心折られないようにね～』

自他ともに天才を自負するギルティアは傲岸不遜な物言いだったが、隊員たちにはむしろ好反応だった。それほどの天才でなければ務まらない。

全員が天才で全員が主力、それが『絶火』の理念だったのだ。

（ま、悪くはないな）

口では生意気な口を利きつつも、彼は仲間を見つけたような気分だった。

この世で自分は一人ではないのだと、肩の力が抜けていた。

天才を自負する者たちだけあって隊員たちの魔術は素晴らしく、ギルティアも参考にできるところが多々あった。ギルティアはそのすべてを吸収し、磨き上げ、実戦を重ねていくうちに『絶火』のエースと呼ばれるようになった。

彼らに頼られることが誇らしい。

絶火だけが、天才が天才らしく居られる唯一の居場所だった。

——第三魔王が襲撃してくるまでは。

『暴食』の魔王グラント・ロア。

一万の魔獣を従え、食べた相手の魔力を自分のものにできる強敵だった。

エースであるギルティアは魔獣に囲まれ、仲間たちと引き離された。

『ようギル。分断されちまったなぁ。ははっ、まぁ安心しろよ。こっちで魔王倒しておくから！』

『あとで魔王と戦いたかった～なんてベソかかないでよね～』

『あんたが魔獣を突破するのと私たちが魔王を倒すの、どっちが早いか競争ね！』

「馬鹿どもめ。喋る暇があるならさっさと戦え」

軽口を叩き合いながら通信を交わしたことを覚えている。

一万の魔獣に囲まれながら、ギルティアの口元に笑みが浮かんだ。

ギルティアは苦戦しつつも魔獣の壁を突破し、仲間たちの元に駆けつけた。

少し前から通信妨害が入っていたが、戦闘音は続いている。

勝負は俺の勝ちだな、と彼は呑気《のんき》に思っていた。

『よ、う。ギルティア……遅かった、な』

『暴食』の魔王に頭を掴まれた仲間は死に際に笑った。

『わり。あとは頼むわ』

べちゃ。

ぐちゃごりじゅべごりべちゃごりべちゃごりべちゃぐちゃ……。

仲間が咀嚼《そしゃく》されるさまを、ギルティアは呆然《ぼうぜん》と見ていることしかできなかった。

いつも軽口を叩いて兄貴面していた仲間の頭は魔王の腹におさまり――

ゆっくりと周りを見渡せば、魔王の周りには首を失った死体が転がっていた。

『げふ』

血に濡《ぬ》れた口元を拭った魔王はニヤリと笑う。

『ごちそうさま。あとはお前だけか？』

その後のことは無我夢中で記憶に残っていない。

ただ第三魔王が魔術を吸収する力を持っていたことは覚えている。

肉体強化術でひたすら剣を振るい、ただひたすらに相手に力を消耗させるよう立ち回った。

戦いは三日三晩におよんだ。

気づけば、ギルティアの前に細切れになった魔王の死体が転がっていた。

「ハァ、ハァ、ハァ」

連合軍の歓声も魔族の悲鳴も何も聞こえなかった。

顔は蒼褪め、手足が震え、身体から力が抜けて膝を突く。

勝利の喜びや達成感など微塵《みじん》も湧かなかった。

「ハァ、ハァ……………は、はは」

十人の仲間は団結して魔王の前に敗北した。

ギルティアはたった一人で魔王に立ち向かい――勝利した。

「はっはははは！　ははははははははははははは！」

笑いがこみ上げて止まらなかった。

――何が部隊。何が仲間。何が助け合いだ。

一人でも勝てた。勝ててしまったではないか。

天才たちの中にあっても異常にして世界の理から外れた逸脱者。

ギルティア・ハークレイに勝る天才はどこにも居なかった。

『絶火』はギルティア一人になった。

連合軍は天才と呼ばれる者たちを送り込んできたが、次々と任務で死んだ。

かろうじて生き残った者たちもおのれの才能に絶望して去っていく。

魔王を倒してさらに力をつけたギルティアの強さに誰も付いてこられなかったのだ。そのうち、
敵味方から『死神』と呼ばれるようになった。

――仲間殺しのギルティア・ハークレイ、と。

もうたくさんだった。どうでもよかった。

自分に仲間など邪魔なだけ。どうせ誰も付いてこられない。

たとえ仲間になっても、天才だ死神だと言って離れていくのだから――

そのうち、『絶火』は各国のエースではなく、問題児を送り込むようになった。

暴力事件を起こしたヘリオロープ、魔道具師の落ちこぼれで追放されたリネット。

グレンデル家からわざわざ『絶火』に志願をしたサーシャ。

彼らに与えられる任務を簡単なものに変更させ、自分だけで難易度の高い任務をこなした。

そうしなければすぐに死んでしまうような弱い者たちだった。

確かに一つの才能に特化してはいるのだろう。だが、それだけだ。

『死神』に仲間は要らない。

一人のほうが誰も傷つけずに済むし、傷つかずに済む。

だからこれからも、死ぬまで一人で戦い続ける——

『わたしの名はローズ・スノウ。皆様、どうぞよろしくお願いします』

そう思っていたときに、彼女が現れた。

自ら悪役を買って出て周囲を引っ張っていく、先代大聖女。

ギルティアは聖女が嫌いだった。

奴らは仮面をつけ、決して姿をさらさず、ただ神とやらの奴隷になって黙々と働いている。

それが人類のためにこき使われる自分の生き様を揶揄《やゆ》されているように思えて——

何より、戦場に出てこないくせに偉そうに説法を垂れる太陽教会の存在が受け付けない。

だからこそ、やたら絡んでくるローズを警戒していたのだが、彼女が『絶火』に来たいきさつを知り、全身全霊で好意をぶつけてくるローズを警戒するのが馬鹿らしくなった。

ローズのおかげで『絶火』は変わった。

各個人が才能を開花させ、小隊は賑《にぎ》やかになった。いつも勝ち気なヘリオとサーシャが軽口を叩き合い、リネットがそれを止め、ローズがニコニコと自分に絡みながら部隊をまとめる。

――そう、それはまるで、在りし日の小隊が蘇ったようで。

心地よいと、感じている自分がいる。

ヘリオが居て、サーシャが居て、リネットが居て。

そして、いつだって全力で生きているローズが自分の手を引っ張ってくる。

そんな彼女たちを。いつの間にか、失いたくないと思っていた――

◆◇◆◇

「――たとえ魔術が使えなくとも、貴様程度が俺に勝てると思うな」

記憶の旅を終えたギルティアは現実に意識を戻して口を開く。

腰に差していた魔術杖を抜き、杖の両端を引っ張った。

「知っているか、ゴミども」

その間にも、三人の狼男が飛び掛かってきていて――

「俺がグラント・ロアに勝ったとき、魔術は使っていなかったことを」

一閃《いっせん》――!!

鞘《さや》から走らせた一条の銀閃《ぎんせん》が、狼男の胴体を一刀両断する。

軍団長が口を開けて固まった。

「馬鹿な。魔力による肉体強化だけで、それだけの――――！」

「貴様らゴミとは身体の出来が違うんだ」

「……っ、かかれぇえ！」

「「「オォォオオオオオオオオオオオオオオ!!」」」

次々と襲いくる狼男を銀閃が薙《な》ぎ倒《たお》していく。

強靱《きょうじん》な狼男の身体を斬れるのはギルティアの戦闘勘の賜物《たまもの》と言えるだろう。

『死神』の名に相応しい、鬼気迫る剣技に狼男たちもたじろくが、

「……っ」

徐々に、ギルティアの身体に傷が増えていく。

魔族たちが仕掛けた魔力嵐による魔術封じは、体内の魔力による肉体強化も乱してくる。いくらギルティアといえど人間。生物としての強度が違う狼男に魔力なしでは勝てない。

「おい、押してるぞ！　畳み掛けろ！　早くしねぇと増援が来るかもしれないしな！」

「ばーか。増援なんて来る訳ねぇだろ」

軍団長は犬歯を剝《む》き出《だ》しにして鼻を鳴らした。

「こいつは『仲間殺し』の『死神』だぜ？　こんなやつの仲間になんて誰もなりたくねぇだろ！」

「『ぎゃっはははははははは！』」

第三魔王を倒した最強を屠《ほふ》れる、得も言われぬ快感。

弱者が強者を倒す下剋上《げこくじょう》じみた征服感が彼らを支配していた。

（……チッ、魔術を無効化する結界がここまで厄介だとは）

狼男程度の雑魚が自分を追い込んでいる事実にギルティアは歯噛《はが》みした。

しかも奴らは執拗に結界装置に近づけさせまいと肉の壁を作ってくる。

（せめて、結界を壊せれば）

「テメェの敗因は、仲間がいなかったことだぁ！」

思考に意識を回しすぎて後ろに気づかなかった。

背後から迫る豪速の蹴りがギルティアの頭を蹴り砕く――

「しまっ」

その瞬間だった。

「ギル様――――!!」

ダン、ダダァン!!　と響きわたる銃声。

ギルティアを狙っていた魔族の頭は吹き飛び、ゴミのように落下する。

「間に合ったようですわね」

「結界装置一つ壊したぞ、オイ!!　あと三つか!?」

「お前たち……」

魔導銃を構えるサーシャと、周囲に睨みを利かせるヘリオロープ。

そして、二人の後ろから耳元に手を当てるのは——

「リネット様、周囲の状況を教えてくださぃ……ぇぇ、了解です」

「ローズ⁉」

ローズはギルティアに気づき、ふわりと笑った。

「はい、ローズです。今度はわたしがあなたを助けますよ、ギル様！」

◆◇◆◇

「ローズ⁉」

うふ！　うふふ！　驚いている推しのご尊顔を見るのは気持ちいいですね。

写真に撮って額縁で飾りたいところです。

……魔族たちに後ろを取られたときはゾッとしましたけど。

「君は……」

ギル様の蒼い瞳に激しい感情が渦巻きました。

わたしごときに推し量れないほどの思考がギル様をよぎっています。たぶん。

「なぜ来た」

「ギル様を助けに来ました」

「俺に助けなど要らない。そもそも、君はもう限界だろう？　今も、ふらふらだ」

「うふふ。あと神聖術一発くらいなら大丈夫ですよ」

「気のせいだ」

「そうですか。でも助けます」

ギル様は苛立ったように舌打ちしました。

「助けは要らんと言っている」

「でも助けます。仲間ですから」

「だから、貴様は仲間ではないと何度言えば――！」

「たとえギル様がどう思っていようとも!!」

わたしはギル様に向かって足を踏み出しました。

「わたしが、助けたいんです」

「――」

「あなたばかりに辛《つら》いことを押し付けて戦いを見守るのは、もう嫌なんです」

ひゅ、とギル様が息を呑みました。

正しい言葉ではないかもしれません。

でもわたしは正直に思っていることを伝えることしかできません。

「……誰も、俺についてこられない」

「わたしが、わたしたちが居ます。二度とあなたを一人にさせません」

ギル様が引きはがそうとした手に手を重ねます。

血に濡れた冷たい手をぎゅっと握りしめて、温《ぬく》もりを伝えるように。

「……こいつらが、俺の強さに並べると？」

ギル様の視線は周囲を警戒するヘリオロープと縦ロールに向いています。

わたしは肯定すべきでしょう。でもしません。

「ノン。あなたに並び立つ人なんて世界に一人だっていません」

「なら！」

「でも、あなたの弱点を補うことはできます」

ギルティア・ハークレイ様が千年に一人の逸材であることは確かです。

前世でも彼についていける人はついぞ現れませんでした。

わたしが推しの強さに並べるなんて、口が裂けても言えません。

いや、いいえ。

それでも。

「あなたの傍《そば》にいることはできます」

「……っ」

「天才じゃなくても、魔術なんてなくても」

意地っ張りで、負けず嫌いで、仏頂面で、

「帰ってきたギル様に、おかえりなさいができます」

実は心の中が温かくて、ちょっぴり寂しがり屋な、わたしの推し。


「わたしは絶対に、あなたを一人にしません‼」


わたしを引きはがそうとしていた手が、緩みました。

力なく腕を下げたギル様は消え入りそうな声で呟きます。

「もしも俺の仲間になれば……死んでしまうかも」

「そのときは、幽霊《ゴースト》になってギル様に憑《と》りついちゃいましょうか」

一度死んでいる身ですしね。

冗談めかして微笑むと、ギル様は口の端を上げた。

「……それも、いいかもしれないいな」

え、今、

「ギル様、今笑いました？」

「笑ってなどいない」

「嘘です！　絶対に笑いました！」

推しの笑顔！　思わず胸がきゅんとしちゃいましたよ！

普段がクールなだけに破壊力が抜群です！

尊すぎる〜〜〜！　もう一回！　もう一回お願いします！

「はぁ」

ギル様は呆れたようなため息。

「それより、状況は分かっているな？」

「Si.　もちろんです」

どこに隠れ潜んでいたのやら、狼男たちがわらわらと湧いてきます。

結界の柱を一つ壊したとはいえ、未《いま》だに魔術が制限されているのは変わりない状態。

しかし、わたしの中に一切の不安はありませんでした。

「この状況になった時点で、わたしたちの勝ちは決まりました」

ちょっと調子に乗るわたしです。

ギル様の心を解きほぐしたからでしょうか？

なんだか、誰にも負ける気がしません。

「ギル様、魔術はどれくらい使えます？」

「平常時の二十パーセントといったところか」

「十分です」

わたしは耳元の通信機で情報を共有します。

「縦ロール、あなたは結界の外に出て装置を壊してください」

『サーシャですが、了解ですわ！』

「ギル様、ヘリオロープは縦ロールの援護を。二人で結界の中を掻きまわしてください。たぶん結界装置を守ろうとするはずなので、後ろから背中を斬りましょう」

『オレ様に命令すんじゃねぇ。了解だ！』

「リネット様。上から見て縦ロールが魔族を相手にせず結界を壊せる道筋を示してください。怖がりなあなただからこそ逃げ道が分かるはず。頼みましたよ」

『う、うん。了解！』

さぁ、正念場です。

「特務小隊全員で生還します。行きますよ、皆さん!!」

『応！』

さて、わたしは戦闘力皆無なのでこの場を離脱……できそうにありませんね？

「結界を守れ!!　前衛部隊が『死神』を殺す！　今この瞬間、魔王軍の命運がかかっていると思え!!」

「「「オォ！」」」

魔族たちも土壇場で活気づいています。うーん、逃げ道が……。

「君はこっちだ」

「ほえ？」

突然、推しの手が伸びてきました。

いつの間にかギル様の背中にわたしがおぶさっているような体勢になっています。

しかも、光の縄でわたしを固定している始末です！

え。なにこれ手際が良すぎませんか⁉

「ちょ、ギル様下ろしてください！　そんなことしたら動きが！」

「君は軽いな。もっと肉をつけたほうがいい」

「聞いていませんね、この推し⁉」

「ハークレイ小隊、作戦開始！」

「それもうわたしが言いましたよ⁉」

わたしを背負ったまま推しが狼男たちを迎え撃ちます。

不思議なことに推しの動きは一ミルも鈍っていません。

むしろ、なんだかいつもより動きがいいような。

「遅れてないだろうな、ヘリオ」

「誰にもの言ってんだオメェ‼」

狼男二人を斬り伏せ、ギル様たちは背中合わせになりました。

「腕っぷしじゃ負けねぇぞ。オメェこそ遅れんじゃねぇぞ！」

「誰にものを言ってるんだ、馬鹿者」

意趣返しのようにそう言って、二人はくるりと位置を変え、互いの背後に剣を振るいます。

ほほう、なかなかに良《い》いコンビネーションじゃないですか。

ちょっと振り回されるのが大変でわたしはぎゅっとギル様に抱き着きました。

「つーか、そいつ《ローズ》どうにかなんねぇのか。絵がシュールすぎるんだが!!」

「こいつは放っておけばすぐに暴走するからな。あくまで監視のためだ」

「縦ロール！　まだですか!?」

『サーシャです！　少しお待ちなさい……二つ目、行きますわよ!!』

「させるかぁあああああああああああああ！」

片腕の軍団長が縦ロールの背後に飛び込んでいます。

あ、ヤバいです。援護が間に合いません。魔術、無理です、遠すぎる。

縦ロールが、あぶな、

「ど、せぇあああああああああああああ!!」

へ、ヘリオロープが!?

いつの間に縦ロールと軍団長の間に……。

あ、なるほど。魔術の出力を後方に転じて爆発みたいにしたんですね。

一歩間違えば自爆する荒業ですよ、なにしてんですか、あの男！

でも、そのおかげで。

――……パリィン!!

縦ロールの銃口が火を噴き、結界装置を粉々にしました。

二つ目です。こうなればもう、結界の出力は半減したも同然。

さて、半分の力になったギル様とたかだか軍団長。強いのはどっちでしょうか？

「「「…………」」」

ぎぎぎ、と。狼男たちがたてつけの悪い扉のような動きでギル様を見ます。

魔術を取り戻したギル様は手のひらで炎を弄びました。

「覚悟はできているな？」

不敵な笑顔。きゅんとしちゃいますね。

そこから、ギル様がすべてを蹂躙《じゅうりん》するのに五秒もかかりませんでした。

わたしはギル様の背中から降ります。馬に乗ったときみたいに足が震えました。

「大丈夫か？」

「ギル様」

推しの手が、わたしの肩に……。

なんだか最近感動しすぎて麻痺《まひ》してる気がします。

こんなに幸せなことってないのに、慣れちゃいましたよ。

「大丈夫です。ありがとう存じます」

「あぁ」

「さぁ帰りましょう。今夜は祝勝会を――」

『ローズさん、ローズさん!!　ヘリオくんが……!!』

「え?」

心臓がどくんと嫌な音を立てました。

通信機から響いてきたリネット様の声は切迫していて、わたしは弾かれるように顔を上げます。

「ヘリオ……!　ヘリオ……!!」

「ギル様!」

「……っ」

二人で現場へ。縦ロールが抱えているヘリオロープの胸に、黒い血が染みついてました。

ギル様の顔が歪みます。きっと嫌な記憶を思い出しているんでしょう。

「ハァ、ハァ、ろ、ローズさん、聖女の神聖術で……」

丘の上から駆けつけてきたリネット様。

わたしが手を伸ばすと、ギル様が手首を掴んできました。

「やめろ。君はもう本当に限界だろう。気づいていないだろうが、死にそうな顔をしているぞ」

「ですが……」

「ヘリオ、起きなさい……！　こんな、こんな終わり方……！」

「……へっ、サーシャ……オレ様が、死んだら……泣く、のか？」

「あ、当たり前でしょう！　わ、わたくしにとってあなたは、大事な幼馴染みで、それで……」

縦ロールがきゅっと唇を結びます。

今にも泣きそうな顔をしている縦ロールの頬に、ヘリオロープは手を当てました。

「──だったら、まだ死ねねえなァ」

「「は？」」

縦ロール、ギル様、リネット様の声が響きます。

わたしはようやくさっきの続きを言えました。

「──ですがコイツ、死にそうなふりですよ？」

「はぁぁあああああああああああ⁉」

「痛《いて》え⁉」

縦ロールが飛び上がるように立って、ヘリオを落としました。

うん。まぁ、いい気味ですね。

縦ロールは顔を真っ赤にしてヘリオロープを睨みます。

「あ、あなた。でも、確かに軍団長の攻撃を受けたはずじゃ……」

「おぉ……そうなんだよ、これがさ」

ヘリオロープが胸元から取り出したのは縦ロールが作ったお守りでした。

星形の金属板は中身が凹んでいます。なるほど。あれが防いで……。

「つまり、オメェのおかげだ。ありがとな、サーシャ」

にか、と笑うヘリオロープに、縦ロールは見る見るうちに目に涙を溜めました。

「わ、わたくし、本当に、心配して……」

「おう。確かに危なかったな。ギルティアの馬鹿は魔術がないと使い物にならねぇし」

「は？　貴様よりはマシだが？」

「嘘つけお前、オレ様より魔族倒してねぇだろ！」

「馬鹿者。ちゃんと数えろ。何だったら今から討伐記録に一人追加してやろうか」

「上等だオメェッ！　やるってんなら相手になるぜ、オォ⁉」

「あ、あはは……でも、なんだかんだ、無事でよかった、ね。ローズさん」

「ええ、本当に」

はぁ〜〜〜〜……いや、ぶっちゃけた話、今回は本当に危なかった。

いつギル様が負傷するかと気が気じゃなかったですよ……。

肩の力が抜ける思いです。ヘリオの死んだふりは後でお説教確定ですよ。

「大聖女様‼」

お、今ごろ筋肉男率いる援軍が到着しましたね。

彼らは焼死体になった魔族を見て、次いでわたしたちを見ます。

「あの、これは……既に？」

「ええ。魔族はすべて討伐しました。特務小隊『絶火』の勝利です」

「そう、ですか」

「戦死者の埋葬はお願いします。それから、魔族が厄介な装置を作っていました。分析班に回してください」

「了解しました」

筋肉男が指示をすると、援軍はばらけて動き始めました。

筋肉男自身も仲間の死体を集め、冥福を祈ります。

「わたしたちも帰りましょうか。皆さん、帰りますよ」

「オレ様腹減ったぜ……」

「わ、私、安心しちゃったら腰抜けちゃった……」

「しょうがないですわね。肩を貸してあげますわ」

リネット様や縦ロールが仲良く歩く様が少しだけ羨ましいです。

わたしもお友達と仲良くしたい！　という訳で横入りしようと思ったのですが。

「ローズ。少し待て」

「はい？」

何やらギル様に呼び止められました。

はて、どうしたのでしょう。振り向くと、推しは地面に屈《かが》みこんで何かを拾います。

わたしが首をかしげていると、何やら近づいてきて頭にのせてきました。

「これは……黄色いお花、ですか？」

「今回は……いや、今回だけではないな」

ギル様はためらいがちに口を開き、そして目を逸らしました。

「…………………………君が来てくれて、助かった。ありがとう」

「え」

思わず呆気《あっけ》にとられてしまいます。

ギル様はすたすたとわたしの隣を通り過ぎていきました。

ちょ、ちょっと待ってください。

今、ギル様がお花を……わたしの、頭に。

「というかお礼、今、ギル様お礼言いました？」

「何のことだ？」

「いやいやいや、絶対に言いましたよ！」

「それより今回の戦闘だが、反省点が多すぎる。ヘリオもサーシャもまだまだ動かせる余地はあったはずだ。大体からして、君は戦闘に参加できないのだから後方に待機するべきで……」

「素直じゃないんだからもう！　でも、そういうところも好きです！」

しまった。思わず心の声が迸ってしまいました。

まぁギル様ですし、こんなこと言われても気にしないですよね。

そう思っていると、ギル様はゆっくり振り返りました。

「………」

なぜだか目を見開いています。心なしかお顔が赤くなっているようにも。

「……君は、誰にでもそういうことを言うのか」

「いえ、ギル様だけですけど」

「それは、どういう意味だ」

わたしは胸に手を当てて笑います。

「もちろんファンとして。これは推しへの愛です。わたしは常にギル様への愛で満ちあふれています」

「…………………そうか」

あれ？　ちょっとだけ不機嫌になった？

なぜだかむすっとしたギル様は風の魔術で宙を飛びました。

「俺は先に帰る。君は皆と一緒に転移門で帰れ」

「え、連れていってくれないんですか⁉」

「知るか」

「なんで怒ってるんですか？　理由を！　せめて理由をお願いします！」

「自分の胸に聞け」

はて。わたし、何かしちゃいました？

自分の胸に聞いてみましたけど、答えは返ってきませんでした。

「大聖女様」

ふと、私の前に筋肉男が跪きました。

「このたびは我が妹を導いていただき、ありがとうございました」

「……いえ、別に。サーシャは自分で成長したので、わたしは何もしていませんよ」

「だから誰が縦ロールだと…………え。ローズ、今、名前……！」

地獄耳ですか。いちいち顔を輝かせないでください、馬鹿サーシャ。

「つきましては今回の勝負、私たちの負けです」

……勝負？　あぁ、そういう話でしたね。

どちらの小隊がより多くの魔獣を倒せるかという話でした。

彼も仲間が戦死したばかりだというのに、律儀なことです。

「今後グレンデル家はあなた様に忠誠を誓い、手となり足となり支援をさせていただきます。何なりとお申し付けください。あなた様に太陽神アウラの祝福がありますように」

「ええ、頼りにしていますよ」

わたしは筋肉男の言葉に頷き、内心でガッツポーズを取ります。

本当に色々ありましたし、どうなることかと思いましたが……。

ミッション②、人類みんなでギル様の推しになろう大作戦。これにて完了です！

幕間　誰《た》がための大義

時は少し遡り、ユースティアが舞踏会でローズの罠《わな》にかかったころ。

――オルネスティア王国大聖堂、大教皇の間。

「やってくれたな」

執務室で肘をつき、貧乏ゆすりを繰り返しているのは上等な法衣《ほうえ》を纏《まと》った男だ。

太陽教会大教皇イヴァン・アントニウスは眼前に大聖女――ユースティアを跪《ひざまず》かせている。

憔悴《しょうすい》した彼女の煌《きら》びやかだった金髪は汚れていて、泥のついたシスター服を纏っていた。

「あ、あたしも、何がなんだか」

「貴様のおかげで、私たちは大損害を被った。連合軍に借りを作る結果となり、市井には大聖女が魔族の使いであるという噂《うわさ》まで流れている。太陽教会の威厳が地に落ちたのだ！」

どんっ!!　と勢いよく机を叩《たた》かれ、ユースティアの肩が跳ねる。

「だ、だからっ！　それはあたしじゃないって何度も言ってるでしょう！」

「あぁ、そうだ。貴様にそんな知能がないことは分かっている。だからこそ問題なのだよ」

そう、もしこれがユースティアの策略であったなら彼女一人を処分すれば済む。だが、このドレスを渡した犯人が先代大聖女であるローズ・スノウであること。

そして、市井に噂が流れる速度が速すぎることが、イヴァンの焦りを煽《あお》っていた。

（ユースティアのドレスに細工をしたのはローズ・スノウ。それはほぼ間違いない……！　問題は、奴《やつ》が何をどう狙って、何のためにこんなことをしたのか）

ローズ・スノウの大聖女としての在任歴は二十年以上と、かなり長い。

彼女が引退をするときは誰もが惜しんだし、今でも熱心な信者が社交界や軍部にいると聞く。

もしも彼女が虐げられた復讐《ふくしゅう》のために太陽教会を攻撃しているとしたら。

（奴の影響力はこちらの想定を上回るデカさだ。くそ……!!）

「あ、あの。あたし、あのドレスはお姉様から渡されてて」

ユースティアが弱々しく、しかし、活路を見出《みいだ》したように話を切り出す。

「だ、だから！　犯人はお姉様だと思うんです！　すべての責任はお姉様に……」

「黙れっ!!」

「ひぃっ」

ユースティアは頭を抱えて縮こまった。

とっくの昔に分かっている結論を今さら蒸し返し、保身のために『姉』を差し出す卑しさ。

イヴァンがユースティアを見る目は、道端に落ちたゴミを見るより冷たい。

「ローズが犯人であることなど既に知っている」

「な、なら、あたしを捨てないよね？　もうあそこに戻さないよねっ？」

「無論だ。貴様にはやってもらうことがある」

「や、やってもらうこと……？」

「なに、そう難しいことではない」

イヴァンは嗤《わら》った。

「ローズを連れ戻せ。貴様にしたことの報いを受けさせてやる」

ユースティアは餌に飛びついた。

「わ、分かったわ！　そんなの余裕よ！　早速行ってくるわね！」

ユースティアが飛び出していくと、イヴァンは側近の神官を呼び寄せた。

「……おい、分かっているな？」

「は。すべては主の御心のままに。人類永続のため、この身を捧《ささ》げましょう」

「よろしい。聖堂騎士の同行を許可する。確実にやれ」

「はっ!!」

神官がその場から消えると、イヴァンは窓の外を見た。

窓から見える王都の街並みは人類繁栄の証《あかし》だ。荘厳な時計塔や王宮、街に入り乱れるさまざまな人々が生活を営み、太陽神アウラの恵みが夜の闇を退け、世界を照らし出している。

「すべては人類のために……次代の大聖女選出を急がねばならんな」

第四章　あなたに願いを

「さて、お集まりいただきありがとう存じます。リネット様、ギル様」

特務小隊『絶火』の工房でメガネをくい、と上げて挨拶します。

わたしの前にいるのはお行儀よく座ったリネット様と、不満そうなギル様です。

「急に呼び出して何をするつもりだ。何も説明を受けていないぞ」

「だから今から説明するんじゃないですか」

「馬鹿者。事前に計画の概要と安全性を話しておけ。そうじゃなければいざというときに動けん」

うふふ。いざというときは動いてくださるんですね。好き。

「今がいざというときです。さぁ、始めましょう。ギル様と天才で時代を変えよう大作戦を！」

「て、天才って……もしかして私のこと？　わ、私、天才なんかじゃないよ！」

「私の注文にピタリと合わせてサーシャの武器を作ったの誰でしたっけ」

「あ、あぅ……それは、そのぉ……ローズさんが魔力変換炉のレシピをくれたから……」

リネット様が直面していた問題は、そもそもの魔力量が少ないことにありました。

魔力量が少なすぎる故に魔術が上手《うま》く使えず、しかも生来弱気なので戦闘もできません。

しかし、リネット様の魔道具作りそのものは、褒め言葉が無限に浮かぶほど優秀。

魔術式の構築と魔導媒体の選定、魔石の加工に関して、彼女の右に出るものはいません。

尤《もっと》も、基礎的な魔力の欠乏を克服するまで——つまり他者の魔力を自分の魔力に変換する魔力変換炉を発明するまでは、『一度目』もその才能を埋もれさせたままでしたが。

「アレも元はと言えばリネット様の考案したもので……いえ、なんでもありません」

ギル様が怪しそうな顔をしたので慌てて口を塞ぎます。

「とにかくっ！」

わたしは指示棒で黒板を叩《たた》きました。

「一気にいきますので、質問は要点をまとめ、簡潔にしてください」

黒板にはわたしの描いたお茶目で可愛《かわい》らしい魔導機巧人形《ゴーレム》の絵が描かれています。

これを見れば、リネット様もギル様も理解できること間違いなしですよ。

「これより、時代を変える大発明の概要を説明します！」

「だからですね、既存の魔導機巧人形における魔力電池は失敗作なんです。内蔵魔力が切れたら動けなくなるので。その失敗を補うために魔導核を中心に埋め込んで内部魔力と外部魔力を融合させます。それがエンジンとなって全身を動かすのです。その研究は百年前にされていて実現不可能？ええ、魔道具による代用は不可能です。だからホムンクルスの人工心臓を使いましょう。それは禁忌？　禁忌なんて犯してなんぼですよ、細胞から部位だけ培養するだけですから命はありませんし。禁忌スレスレじゃないですか？　義手みたいなものと思ってくだされば。はい、術式ですか？　別に複雑な術式にする必要はありません。魔族は等しく瘴気《しょうき》を纏《まと》っているんですから瘴気に反応して攻撃するように仕込めば済む話です。ミスリルの金板に書き込んで固定します。あとは既存の魔導機巧《ゴーレム》技術を使えば実現可能です。え、実験に必要な魔力が途方もない？　いるじゃないですか。ここに途方もない魔力の持ち主が。他に質問は？　ないですか。ではわたしはお風呂に入ります。リネット様も一緒に……え？　そうですか？　リネット様のお胸もわたしは好きですけど。マッサージしてあげましょうか。断る？　残念。行ってきますね。またあとで話しましょう」


リネット様に要点をまとめた資料を渡すと、浅葱《あさぎ》色の瞳が煌《きら》めきました。

一心不乱に資料と黒板とを睨《にら》めっこするリネット様は顔を輝かせてギル様を見ます。

「あ、あの。ギルティア様、お願いが」

「……はぁ。分かった。どれくらい必要だ」

「ありったけを!!」

堂々とした物言いに面食らったギル様がおのれの魔力を魔力変換炉に注《そそ》ぎ込《こ》みます。

容量いっぱいになったところでリネット様が歓声をあげ、ギル様がげっそり顔になりました。

あれは相当な魔力を絞られましたね。

「ぐへ、ぐへへ。これだけあれば色々とできちゃう……ギルティア様、ありがとうございます！」

「あ、あぁ。大事に使え」

「はいっ！　明日もよろしくお願いしますね！」

「これを、明日も、か……」

にっこりと笑うリネット様と頬が引《ひ》き攣《つ》るギル様です。

さて、もう大丈夫ですね。

サンプルとして既存の魔導機巧人形も用意しましたし……

あとはリネット様に任せれば問題ありません。グレンデル家の支援の賜物《たまもの》かと。

これでミッション③、ギル様と天才で時代を変えよう大作戦、完了です！

「――お風呂♪　お風呂♪　お風呂がわたしを呼んでる～♪」

鼻歌交じりに歩いていると、ギル様がわたしの前に立ちはだかりました。

「あら、ギル様。どうされました？」

ギル様は訝《いぶか》しむようにわたしを見ています。

「大聖女は魔導機巧人形《ゴーレム》の製造技術も学ぶのか？」

やっぱりまだ怪しんでましたか。

「まぁ。戦場に必要なことですからね」

本当はリネット様に教えてもらっただけですけど。

ギル様は含みあるわたしの言葉を見透かしたようにため息をつきます。

「魔導機巧人形で魔族を押しとどめ、後方から魔術師が砲撃、隙ができた敵を騎士が遊撃する……現代の騎士・魔術師を中心とした考え方とは一線を画した戦法だ。負傷者の数も激減するだろう。とてもあの太陽教会が教えるようには思えないがな」

「負傷者が減れば聖女を見出《みいだ》している太陽教会への寄進が減ってしまうから？」

「……」

沈黙は是ですよ、ギル様。

確かに現代の戦争において、魔導機巧人形は使われていません。

ヘリオロープがやっているように、騎士が前に出て、魔術師が後方から援護するのが一般的です。

なぜ魔導機巧人形が使われていないかと言えば、製造コストが高く割に合わないからです。

おまけに攻撃性能が低く、燃費も悪い。戦場の真っただ中で魔導機巧人形が動力切れになり、魔族に壊されるという事例が多発しました。それがおよそ百年前のことで、それ以来、魔道具協会は魔導機巧人形の開発に及び腰になり、魔導機巧人形開発は衰退の一途を辿《たど》っていた――

『一度目』のとき、怖がりなリネット様が自分の代わりに魔導機巧人形を戦わせようとするまでは。

「わたしが太陽教会を嫌いなことはギル様もご存知でしょう。言葉を濁さないでください」

まわりくどいのは推しらしくありませんよ。

そう告げると、ギル様はためらいがちに言いました。

「君は、俺に隠していることがあるな？」

「Si. もちろんあります。乙女に秘密はつきものですから」

……さすがに二年後の技術を教えるのは一足飛びに過ぎましたかね。

でも今から準備していかないと第八魔王の侵攻に間に合いませんし。

ギル様を救うためなので、遠慮なんてしていられません。

「それとも、こんな聖女は嫌ですか？」

「そうではない」

ギル様はぴしゃりと言いました。

頭をがしがしと掻《か》いて、

「別に責めている訳ではない。俺が言いたいのは……もっと自分を……あー、労《いた》わるというかだな……もう働かなくていいというか……もっとこう、楽にしていろというか……ぼそぼそ……」

お、推しが言葉選びに苦心してる……！

いつもはっきりものを言うギル様の新たな一面、最高です！

ちょっと最後のほうは小声すぎて良く聞こえませんでしたけど……。

ギル様はかぶりを振り、わたしを真っ向から見つめてきます。

「ローズ」

「はい」

「明日は空いているか？」

「はぁ、まぁ。空いていますが」

「出かけるぞ」

「Si. 分かりました。任務ですね」

「任務ではない。ただの外出だ。二人でな」

「………………………………へ？」

わたしはぽかんと呆《ほう》けてしまいます。

任務ではない、ただのお出かけ。それって……。

「三の鐘が鳴るころにリビング集合だ。遅れるな」

「え」

ギル様は言うだけ言って去っていきました。

え。待って。

ちょっと待って。

本当に待ってください。お出かけ？　誰が？

わたしが？　推しと？

二人っきりで？

「えぇぇぇぇぇぇぇぇぇぇぇぇぇぇぇぇぇぇぇ⁉」


「リネット様、リネット様―――‼」

「わ⁉　な、なに。ローズさん。私は今ちょっとこれに夢中で……」

工房に飛び込んだわたしにリネット様は迷惑そうなご様子。

「そんな我が強いリネット様も好き。じゃなくてっ！　大変なんですよ！」

「な、なにが……？」

「推しと、お出かけすることになりました！　二人で！」

リネット様は硬直。手元の魔道具を落としました。

「え、えぇぇぇぇぇぇぇぇぇぇぇぇ⁉　推しと、デート⁉」

「デートじゃありませんけど、お出かけです！」

ギル様はデートのつもりなんてないでしょうからね。

「どうしましょう？　わたし、どうしたらいいですか？」

「お、おおおおお落ち着いて、まずは服を選ばないと……ローズさん、服は？」

「え、聖女の服じゃダメなんですか？」

「ダメに決まってるよぉ！　ちょっとこっち来て！　サーシャさん、サーシャさん――‼」

リネット様がわたしの手を引っ張り、猛スピードで廊下を走ります。

訓練を終えた後なのか、サーシャはタオルで顔を拭きながら首をかしげました。

「どうしましたの、リネットさん。あなた、そんな声出せましたの？」

「ローズさんに！　服！　何か貸してあげて！　推しとデートらしいから！」

「ギルティア様とデート⁉」

「だからデートじゃないんですってば。ただのお出かけですよ？」

「馬鹿おっしゃい！　男女が二人っきりでお出かけ。それすなわちデートです！」

「そうなんですか？」

まぁ、あのギル様にそういう気持ちはないと思いますけどね。

きっとお出かけと言いつつ任務関連のことに違いありませんよ。

「ローズさん、この服しか持ってないらしいから！　なんとかして！」

「そういうことならお任せなさい。このサーシャ・グレンデル。ご令嬢を可愛らしく飾り立てるのは大の得意ですのよ。さぁローズ、こちらにいらっしゃい！」

「というかギル様はたぶん軍服ですし、わたしも合わせたほうがいいのでは？」

「ギルティア様はそうかもしれませんが女の子がそれじゃダメですわ！」

「ダメですか」

わたしはしばらくサーシャとリネット様の着せ替え人形になっていました。女の子はいくつになっても着せ替え人形がお好きと本に書いてありましたが、「こっちの黒のほうが」「いやいや、こっちだよ」と普段は引っ込み思案のリネット様も楽しそうで、これはこれでアリだなと思いました。

「――ところで」

わたしの髪に触れているサーシャに水を向けます。

「あなたは、その……いいんですか。割とギル様にご執心だったかと思いますが」

ピタリ、と。一瞬だけサーシャの手が止まりました。

「いいんですの」

そしてすぐに動き出します。

「確かにわたくしはギルティア様に憧れておりました……あの方のように優雅に敵を倒せればどれだけいいだろうと。でもそれは結局、自分にないものを羨んでいるだけでした」

サーシャが笑います。

「憧れと恋愛は違いますわ。あなたのおかげで、気づきました」

……まぁサーシャがそれでいいなら、別にいいんですけど。

「じゃあヘリオロープの想《おも》いを受け止めるんですか?」

「へっ?」

痛っ！　この馬鹿縦ロール、また髪を引っ張りやがりましたよ！

「ば、馬鹿おっしゃい。何を言っていますの」

「だってサーシャ。本当はあのとき、ヘリオロープの声聞こえてましたよね?」

ヘリオロープがサーシャのことで相談してきたあのときです。

『さ、ささささささ、サーシャ、オメェ、いつから……！　話、聞いて……!?』

『ローズとリネットさんが楽しそうに話しているところからですが』

遅れてやってきたサーシャは何食わぬ顔をしていましたが、あれは聞こえていた顔でした。

「さ、サーシャさん、もしかしてヘリオくんのこと……」

「ち、ちちちちち違いますわ!!　なにをおっしゃいますの！」

あの……動揺して髪を引っ張るのはやめてくれませんかね。痛いので。

「わ、わたくしにとってヘリオは弟みたいなもので！　決してそのような感情は……ま、まぁ最近の成長ぶりや、一も二もなくわたくしを助けてくれたことで、ちょっときゅんとしちゃったのは認めますけれど……け、決してそのような男女の感情ではありませんわ！　ほんとですわ！」

「「ふ～ん……」」

「あなたたち、信じていませんわね!?」

いやだって語るに落ちていますよね、これ。

ヘリオも大概ですが、サーシャも分かりやすいです。案外似た者同士ですよね。

そういえばヘリオの姿が見えないですが、リネット様に聞けば筋肉男のところに訓練に出かけているらしいです。同じ相手ばかりだと身体《からだ》が鈍るからとか……。

「サーシャを守るために頑張って……ヘリオロープ、健気《けなげ》ですよね」

「わ、分かる。意外と隠れファンが多いみたいだよ。ヘリオくん」

「え。り、リネットさん、その話詳しく」

「狂犬みたいな態度なのに純情なのが可愛いって、年上の女性兵から人気らしくて……」

リネット様はくすりと笑いました。

「は、早く素直にならないと、誰かに取られちゃうよ。サーシャさん」

「そうですよ。ただでさえ戦場に身を置いてるんですから、我慢は良くないですよ」

我慢は身体に毒。ふふ。わたしが言うと含蓄ある言葉ですね。

「〜〜〜〜〜っ」

サーシャは顔を真っ赤にして俯《うつむ》き、

「わ、わたくしの話はいいんですのよ！　あなたこそどうですの！　ローズ！」

「なにがですか」

「ギルティア様のことです。あの方の心を射止めようと思いませんの？」

「思いませんね」

ここは即答するわたしです。

「何度も言いますが、わたしとギル様はファンと推しの関係であって、それ以上ではありません。むしろそれ以上になってはいけないんです。これは推し活の心得。禁忌なんですよ」

「いや、どう見てもあなたの気持ちは……」

サーシャはリネット様と顔を見合わせ、ため息をつきました。

「お互い、難儀な性格していますわね」

「あなたの縦ロールほどではないです」

「誰が万年縦ロール女ですか⁉　というか縦ロールは性格ではありません！」

わたしはニコニコしているリネット様に話を振ります。

「そういえばリネット様のほうは……」

「え、えぇ……わ、私なんかが恋愛とか、絶対無理だけど……えへへ。もし結婚するなら、安定した収入とギルティア様並みのイケメンがいいな……あと私の魔道具作りにも理解がある人で……」

わたしとサーシャは顔を見合わせました。

「「そんな人いる訳ないでしょう」」

リネット様の理想は高かったです。


女子三人で華々しくトークに花を咲かせながら服や髪型を決めた翌日。

わたしはサーシャの手によりばっちりお化粧を決めていました。

「では行ってまいります」

「ええ。気張って行きなさいな！」

「た、楽しんできてね。私は魔導機巧人形《ゴーレム》作り、頑張るから！」

そこは本当に頼りにしていますよ、リネット様。

という訳で、推しが待つリビングへ突撃をかけます。

ヘリオロープは早々に訓練に出かけていて、ギル様はお一人で座っていました。

「ギル様、お待たせしました」

「あぁ……では行くか」

ギル様は読みかけの本をぱたりと閉じて立ち上がります。

そしてわたしのほうを見て、なぜか口をぽかんと開けました。

「……どうかされましたか？」

推しから返事がなくなりました。

サーシャとリネット様がばっちり決めてくれたはずですが、そんなに変だったでしょうか？

……ふむ。

わたしはひらひらのドレスを右に左に動かして調子を確かめます。

夜色のドレスに綺麗《きれい》な星々の刺繍《ししゅう》があしらわれ、袖口にはフリルがついています。

雪色の髪はサイドテールになっていて、綺麗な三つ編みにされました。

サーシャの器用さが活《い》きていますね。

頬に入れたチークというものは何の意味があるのか分かりませんが。

「ところで、今日はどちらに行くのですか？」

「……」

「ギル様？」

顔を覗《のぞ》き込《こ》むと、ギル様はハッと我に返ります。

そして見たことがないほど耳を真っ赤にして顔を背けました。

「王都だ」

「それはまた遠出ですね」

オルネスティア王国の王都はガルガンティアから数百キロル離れています。

簡単には行けない距離ですよ。まぁ推しの転移術があれば一瞬なんでしょうけど。

「君は、その……」

「はい、なんでしょう」

「…………よく似合っている。綺麗だな」

「…………………………はえ」

あ、あれ。おかしいですね。

なんだか体温がぐんぐんと上がっていくのが分かります。

自分でも分かるくらい顔が熱くて、わたしは慌てて目を逸《そ》らしました。

「そ、そうですか？」

「うむ」

ちらりと視線を動かすと、推しのご尊顔が見えます。

形の良《い》いお耳が赤くなったまま、彼はこちらを向きました。

「誰よりも綺麗だ。自信を持っていいと思うぞ」

「はひ」

な、なんですか。今日のギル様、めっちゃ褒めてくれるんですけど！

それに身体も変です。お酒を飲んだみたいに頭がくらくらしてきました！

こ、こここ、これが幸せ酔いというやつでしょうかっ？

「では、手を」

わたしは推しの顔と手を見比べました。

「て、手をっ？」

「転移のためだ。すぐに着く」

そ、そそそそ、そうですよね。これは転移術のために手を握る行為であって。

推しがわたしをエスコートするために手を差し出している訳ではないですよね。

いえ、分かってるんですよ？　ただ確認というかですね。

「行くぞ」

「ひゃう！」

ためらっていたら推しが強引に手を握ってきました！

いきなりすごい手汗が噴き出してくるわたしに構わず、推しは「出発」と指を鳴らします。

「こ、心の準備くらいさせてくださいよ〜〜〜〜!!」

◆◇◆◇

オルネスティア王国は連合軍の中で最も強大な国家です。

土壌に恵まれた豊富な資源に加えて魔道具の生産力は群を抜いています。

また、太陽神教の本山である大聖堂があることもあって、数百年前まで巨大な神教国として名を馳《は》せていました。さすがに太陽神教の勢力拡大を恐れた連合軍によっていくつかの国に解体されましたが、神教国だったときの豊かさや強大さは名残を残しています。

ともあれ、わたしたちはそんな王都の街並みを歩いていました。

「……王都に来るのも久しぶりですね」

追放されて以来でしょうか。白い石造りの街並みは戦争とは無縁の活気に満ちています。

数百キロル先では血で血を洗う戦いが繰り広げられているのが嘘《うそ》のようです。

「あ、ギル様。お願いがあるのですが……」

「分かっている」

「ほえ?」

「《虚無の果て》、《現《うつつ》は歪《ゆが》み微睡《まどろ》みの淵《ふち》に》、『明鏡止水《ララ・レーム》』」

光の膜がわたしの身体を包み込み、周囲の景色が一瞬歪みました。

ぽかんとしたわたしに推しは澄ました顔で言います。

「認識阻害だ。顔が割れている君が王都を歩くと周りがうるさいからな」

「……」

「行くぞ」

「は、はい」

わたしはどくんどくんと早鐘を打つ胸を押さえました。

……何も言ってないのに、わたしが言いたいことを分かってくれた？

推しとのお出かけを誰にも邪魔されたくないので、フード付きの外套《がいとう》とかをお借りしようかと思ったのですが……何も言わず認識阻害の魔術をかけてくれるなんて……。

あぁ、ダメです。

胸の奥がきゅんと疼《うず》いて、顔がふにゃふにゃしちゃいます。

両手で顔をこねくり回すわたしに推しが眉をひそめました。

「何をしている？」

「ふふ。いえ、わたしの推しはカッコいいなと」

一瞬の沈黙。

推しは口元に手を当ててそっぽ向いてしまいました。

「本当に君は……前にも聞いたが、誰にでもそういうことを言うのか？」

「いえ。推しだけですけど。他の有象無象は死ねばいいと思ってます」

「過激すぎる」

ギル様は頭が痛そうに額を押さえました。

「あ、もちろん特務小隊の面子《メンツ》は話が別ですよ？」

「……ふ。やはり君はどこかズレてるな」

「そうですか？」

「あぁ」

よく分かりませんが、推しがご機嫌なので良しとしましょう。

推しが認識阻害をかけてくれたおかげで、わたしのことを分かる人はまったくいません。

それに、ギル様はわたしが誰かにぶつからないようにと前を歩いてくれました。

さりげない気遣いがカッコよすぎませんか？

尊すぎて死んじゃいそうですよ。

あ、でも。さすがに人が多くて、前を歩くギル様とはぐれてしまいそう――

「ローズ」

「あ」

人波に揉《も》まれそうになったわたしの手をギル様が摑《つか》みました。

繫《つな》いだ手に力を入れて、推しは言います。

「俺から離れるな」

「は、はひ」

つい上ずった声が出てしまったのですが、推しは優しく目を細めました。

普段は冷徹に魔術を使う推しのギャップに心がやられます。

『一度目』のギル様もこんな目をしていたことを思い出して嬉《うれ》しくなりました。

「今日は俺の奢《おご》りだ。何か欲しいものがあればなんでも言うといい」

「はぁ……あの、今日の目的などは？」

「ふむ」

推しは言い訳を考える子供みたいに言いました。

「そうだな。強いて言えば休息だ。君は日頃から働きすぎだから、部隊長として休息を命じる」

「休息……そう、ですか。部隊長の命令なら、仕方ありませんね？」

「そうだろう」

わたしの返答に推しは満足そうです。

そういうことならわたしも、肩の力を抜いて楽しむとしましょうか。

「ん？　あれは……」

ふと、オペラの広告が目に入ってきました。

『嘘つき王子と精霊姫』という題名です。

以前、リネット様に借りた恋愛小説と同じ名前のような。

「あの、これ……」

「あぁ、昔からよく上演されている題材だな」

リネット様に借りた小説と同じ内容なら、わたしも知っています。

嘘しかつけない呪いをかけられた王子様と精霊姫の恋のお話です。

王子の呪いを解くには真実の愛を犠牲にする必要がありました。

そんなものはないと諦めていた王子様は悪しざまに振る舞うんですけど、精霊姫だけは彼の本当の優しさを分かっていて……。

「そして自ら人々に仇《あだ》を為《な》す怪物となり――王子に自分を殺させる。でしたか」

しかし、王子様は精霊姫の死に耐えることができませんでした。

結局彼もまた、精霊姫のあとを追うようにして命を絶ってしまいます。

わたしが内容をそらんじると、推しは吐き捨てるように言いました。

「俺はこれが嫌いだ。愛する者が命を犠牲にして助けた命を無駄にするなど愚かすぎる」

「そうでしょうか。わたしは好きですけどね」

『心』という、矛盾と葛藤がよく描かれた作品だと思います。

まぁ実際にこのオペラを見たことはありませんし、今後も見ることはないと思いますけど。

実際、世界にたった一つしか大切なものがなかったら、人間なんて簡単に死んでしまうんじゃないでしょうか。

「人間の心を学ぶにはちょうどいい作品でした。わたしは好きですよ」

「俺も好きだ」

え？

「あの、でもギル様、すごい顔でこれ嫌いって」

「気のせいだ。さぁ行こう」

ギル様はそう言ってすたすたと歩き始めます。

……なんだか今日の推し、変じゃありませんか？

推しが手のひら返しをするなんてよっぽどのことですよ。

うふふ。でもそんな気分屋なところも好き。

ギル様の違った魅力も発見できるし、お出かけというのも悪くないですね。

「あ、ギル様、なんだか美味《おい》しそうな匂いが漂ってきますよ」

「あぁ。甘味処《どころ》だな。君はケーキとか好きか」

「Si. 大好きです。聖女時代は食べられなかったので」

「そうか。なら好きなものを選ぶといい」

「わーい！」

ショーケースの中に並んでいるケーキは本当に色とりどりで、迷っちゃいますね。

ミルクレープ……モンブラン……ほほう、タルトまで！

「じゃあ、この棚のやつ全種類ください！」

「⁉」

ギル様が慌てて肩を摑んできました。

「馬鹿者。そんなに頼んで食べきれる訳ないだろう！」

「食べられない分は特務小隊のみんなで食べましょうよ。わたし、全部食べたいです」

推しの転移魔術で送れば荷物にもなりませんし。

それにちょっとだけ夢だったんですよね。

気の置けないお友達とケーキを摘まみ合って、色々食べ合うの。

そこにギル様が居るなら、もう一生の思い出になりますよ。

「ダメ……ですか？」

わたしが上目遣いで推しを見上げると、ギル様は額を押さえ、ゆっくりと頷《うなず》きました。

「好きなだけ買えと言ったのは俺だ。店主、全種類一つずつ頼む」

やったー！

ファンのわがままに応えてくれる推し、最高です！

いくつかはその場で食べたあと、わたしたちは再び歩きました。

「時に君は……その、今日の服装のことだが」

「あ、これはサーシャに借りたんですよ。おかげでちょっと胸がきつくて……」

「男の前でそういうことを言うのはやめなさい」

「え。なんでですか？」

「なんでもだ。分かったな」

もちろん推しが言うなら否とは言いませんとも。

あと、なぜかサーシャの前でも言うなと言われました。もう言っちゃったのは内緒です。

「では君は、他の服は持っていないんだな？」

「Si.　聖女は服を買う必要もなかったので」

「分かった。なら連れていきたいところがある」

ギル様にそう言って連れられたのは下町の中でも上品なお店でした。

『アミュレリア洋服店』という名前のお店です。

どこかで聞いたことがあるような名前をしていますね。

「いらっしゃいませ」

「邪魔をするぞ」

出迎えてくれたのは恰幅《かっぷく》のいいおば様でした。

「どうぞゆっくりご覧ください……って坊ちゃま⁉」

「坊ちゃまはやめろ」

驚きのあまり飛び上がったおば様にギル様は嫌そうに言います。

「服を買いに来た。こいつの服を見繕ってほしい」

「ぼ、坊ちゃまが女性を……！　大変だ、大変だ！　今、商会長を呼んできますので‼」

「呼ぶな馬鹿者！　帰るぞ」

「あぁぁぁあ、そんな、後生ですから私どもに仕事をさせてくださいませ！」

おば様が泣きつくと、ギル様はわたしの耳元で囁《ささや》きました。

「従姉《いとこ》の店だ。今だけは認識阻害を解除する」

従姉……なるほど。アミュレリア・ハークレイの経営する店でしたか。

あの女は……今はいないようですね。

「では解くぞ」

パチン、と推しが指を鳴らした瞬間、

「だ、大聖女様〰〰〰〰〰〰⁉」

「声がでかい！」

認識阻害が解けた店主が悲鳴じみた叫びをあげます。

……この店、本当に大丈夫でしょうか？

おば様を落ち着かせたギル様はわたしの肩を抱いて言います。

「とりあえずこいつの私服を五着ほど。ドレスはうち二着で良い」

「かしこまりました。……少ないようですが、よろしいので？」

「構わん。貴族という訳でもなし。無駄に多くても困るだけだろう？」

「Si. 正直、五着もいりませんよ？」

「では頼んだ」

おや、残念ながらわたしの意見は無視されたようです。

都合の悪いときだけ聞こえない耳を持っていらっしゃいますね、この推しは。

……というか。

「あの、ギル様。わたし手持ちがありません」

「気にするな。言っただろう？　今日の出費は全部俺持ちだ」

「えぇ!?　ですが、なぜギル様がわたしの服を……？」

「俺が買いたいからだ。悪いか」

「いえ、悪くはありませんが……」

さすがに申し訳ないような。

「……あれだ」

ギル様は顎に手を当てて、思いついたように言いました。

「先ほども言ったように、ここは俺の従姉がやっている店でな。『金を余らせているなら少しでも店に金を落とせ』とうるさかったんだ。そんなときにちょうどリネットから君が服を持っていないと聞いたものだから、部下に服を買ってやるのが妥当だと判断した。理解したか？」

「坊ちゃま、商会長からそんな話は聞いて……ひぃ！　なんでもありません！」

ギル様、店主様を射殺すような目で見るのはいかがなものかと。

めちゃくちゃ怯《おび》えてますよ……何か言おうとしたみたいですけど。

「では大聖女様……失礼、ローズ様。こちらに」

というかわたしはもう大聖女じゃないんですが。

それを指摘したら笑って誤魔化されたので、しばらく着せ替え人形になったわたしです。

店主とギル様があぁだこうだ言っているうちにお買い物は終わりました。

「では次に行こう」

ずっと下町を歩いていたわたしたちですが、今度は貴族街のほうへ行きました。

道行く憲兵隊はギル様の顔を見るなりギョッとした様子です。

まぁ、前線にいるはずの『死神』が王都にいたらびっくりするでしょうね。

「次はここだ」

「『アミュレリア宝飾店』……先ほどの系列店ですか？」

「あぁ」

しかし宝飾ですか。

ギル様ってアクセサリーの類に興味……ないですよね。

「あの、自惚《うぬぼ》れでしたらすみません。もしかしてまたわたしに？」

「他に誰がいる」

「…………リネット様とか、サーシャとか？」

「特務小隊の一員ではあるが、宝石を贈るような関係ではないな」

……わたしたちってどういう関係でしたっけ。

少し考えてすぐに思い至ります。つまりは推しとファンです。

これは推しのファンサービスであって、他の意味はないということでしょう。

そう思うことにします。この推し、ファンサービスが過ぎるのでは？

さすが貴族街というべきでしょうか。お店の中はキラキラしていました。

色とりどりの宝石たちがアクセサリーに加工されて飾られています。

「いらっしゃいませ。ギルティア様。ようこそお越しくださいました」

ギル様は再び指を鳴らし、認識阻害を解除しました。

さすが貴族街で店を営む者と言いますか、わたしの登場にも眉を動かしただけです。

「いくつか見繕いたい。見て回っても？」

「もちろんでございます。ちょうど今……」

「――ギル？」

店の奥からひょっこりと女性が姿を現しました。

深紅の貴族服を上品に着こなした女性を見て、わたしの脳がスパークします。

ギル様と同じ黒髪に、まあるいエメラルドの瞳。

そしてアミュレリア。従姉。服飾店、宝飾店とくれば嫌でも分かります。

「ギルじゃない！　久しぶりね！」

アミュレリア・ハークレイ。

オルネスティア王国第二王子セシル・ファルドの婚約者にしてギル様の従姉です。

「王都に顔を出すなら言ってくれればいいのに。相変わらず神出鬼没ね」

「従姉殿に会いに来た訳ではないからな」

「もうっ、相変わらず可愛くない子！」

アミュレリアさんはぷりぷり怒ったあと、わたしに向き直りました。

「お初にお目にかかります。大聖女様」

ギル様と話していたときとは違う、淑女らしい洗練された仕草が目に留まります。

優雅に膝を突いたアミュレリアさんは祈るように手を組みました。

「太陽の導きに感謝を申し上げます。御身にお目に掛かれることは我が喜びです」

わたしは鼻を鳴らしました。

「どいつもこいつも……わたしはもう大聖女ではありませんよ」

「分かっております。ですが、今の王国があるのはあなたのおかげです」

だからどうか少しだけ。ですが、そう言われてわたしはため息をつきました。

この女もファランと同じです。まだわたしを大聖女扱いして崇《あが》めてきます。

はっきり言って喋《しゃべ》るのも嫌なんですけど……今後のためには必要ですかね。

わたしは諦めてため息をつき、アミュレリアさんの頭に触れました。

「立ちなさい、アミュレリア。太陽の恵みがあなたに降り注ぐでしょう」

「ありがとうございます」

アミュレリアさんは立ち上がると、わたしとギル様を見比べました。

「ところで、どうしてこちらに？　確か、あのアバズレ……失礼、操り人形……間違えました。ユースティア様が前線に飛ばしたと聞いたのですが」

「ええ。故あってギルティア様の部隊に在籍しています」

「まぁ！　ギルの部隊に⁉」

アミュレリアさんは心配そうに身を乗り出して、

「あ、あの。うちのギルが粗相をしていませんか？　この子、無愛想で口が悪くてほんとどうしようもない男なのですけど、根だけは優しいので、失礼な態度は多々あるかと思いますが、どうぞ大目に見てやっていただけると助かるのですが……」

ギル様が不満そうに唇を曲げます。

「なぜ俺が迷惑をかける立場なんだ。押しかけて来たのはこいつだぞ」

「わたしは推しと一つ屋根の下で暮らせているだけで満足です」

「隊舎だ、馬鹿者。誤解を招くような言い方をするな」

うふふ。この前まで近くの建物を借りていたのに、最近になって隊舎で寝泊まりするようになったんですよね。わたし、推しと同じ建物で寝られているというだけでご飯三杯いけますよ。

「……推し?」とアミュレリアさんは首をかしげていますが放置でいいでしょう。

「それで、ギル様。何かお見繕いになるというお話でしたが」

「あぁ……そうだな。店主、先ほど言ったものをくれ」

「すぐにご用意いたします」

どうやらわたしとアミュレリアさんがくだらないやり取りをしている間に注文を済ませたようです。アミュレリアさんが興味深そうにギル様を見ます。

「あなた、何を注文したの?」

「お前には関係ない」

「どうせ隠してもすぐ分かるのに」

アミュレリアさんは唇を尖《とが》らせてから破顔しました。

「でも、ちょっと安心した」

「なに？」

「あなた、絶対に仲間は作らないと言っていたでしょう。あんなことがあったんだもの。気持ちは分かるけど従姉として心配だった……でもこれで安心ね。まさか大聖女様を仲間にしているなんて」

「……まぁ、な」

ギル様はふっと目を細めて、わたしの髪をひと房持ち上げました。

「確かに、こいつが来てから退屈はしていない」

「こらギル。さっきも思ったけど、大聖女様をこいつ呼ばわりなんて不敬よ！」

まったく、と腰に手を当てたアミュレリアさんはわたしに向き直りました。

「ローズ様。どうかこの馬鹿のことをよろしくお願いいたします」

「はい。お任せください。完璧にお世話してみせます」

「俺は犬か」

「どちらかというと気まぐれな猫に近いですね」

「ならば飼い主は噛《か》み付《つ》かれることも覚えないとな」

「いひゃいです」

あぅ……頬を引っ張られました。なんで満足げなんですか、ギル様。

そんなわたしたちを見ていたアミュレリアさんは嬉しそうに微笑《ほほえ》みました。

「あら。本当に仲がよろしいのですね」

「どこが」

「ローズ様。今後はぜひ、わたくしともお付き合いくださいませ」

「いいですね。お茶でもしましょうか」

「本当ですか⁉」

ギル様は例外ですが、ハークレイ家は代々太陽神教を支持してきた家の一つです。

ギル様のこともあって連合軍でもかなりの発言力があります。

だからこそ、オルネスティア王国は彼女を第二王子の婚約者にしたのでしょうしね。

「あなたたちには色々と話をしたいと思っていました。今度そちらに伺っても？」

「もちろんでございます！　あぁ、夢のようです。ローズ様とお茶ができるなんて……！」

「うふふ。わたしも普通の女ですよ。どうかよろしくお願いしますね、アミュレリアさん」

できるだけ早くセッティングしないといけません。

◆◇◆◇

——この女が、ギル様を殺す前に。

推しとの濃密なお出かけをした一週間後のことです。

わたしはガルガンティアの幕舎を訪れていました。

「――それでは、ご認可いただけるのですね？」

「あぁ、問題ないよ」

応接室のソファにはセシル元帥とファランが座っています。

わたしの隣にいるのがギル様と、目の下に大きなクマを作ったリネット様です。

セシル元帥は新型魔導機巧人形《ゴーレム》の仕様書を持ち、リネット様を見ながら苦笑しました。

「正直、クウェンサ家の落ちこぼれがこれを作ったと聞いたときは驚いたよ。しかも、たった一週間で仕様書段階まで持っていくなんてね」

「あ、あぅ……その、が、がんばりました……！」

「うふふ。うちのリネット様は天才ですので。すごいでしょう」

「なぜ君が得意げなんだ」

リネット様は恩人ですからね。彼女が周りに認められると嬉しいのです。

「とはいえ、どれだけ優れた兵器であっても新技術開発のときは既得権益から反発が来るものだ。正直に言えば、この仕様書だけ持ってこられても認可はおりなかった。でも……」

「我がグレンデル家が支援する以上、そんなことはさせません」

ファランが言いました。

「何よりサーちゃんの安全のためです。王国を敵に回しても承認させるつもりでした」

「グレンデル家が敵に回るのは本当に勘弁してほしいかな……その場合、ギルも敵になるし」

「当たり前だ。死傷者が減り、魔族への攻勢に出られるとあれば反対する理由はないだろう。既得権益を守ろうとする貴族どもなど俺が燃やし尽くしていた」

「うん、やめてね……本当にやりそうで洒落《しゃれ》にならないから」

セシル元帥は遠い目になりました。

ギル様のことをよく分かっているようです。褒めてあげます。

「それにしても、よく完成させてくれたな」

ファランがリネット様に微笑みました。

「これは誰にでもできることではない。誇るといい。リネット」

「は、はい！　あ、ありがとうございます……」

………ん？

なんかリネット様の目が熱っぽいのは気のせいでしょうか？

なんとなく予感がしますよ。確かにファランは顔もいいし、安定した収入もあるし……。

「もし本当にそうなるなら応援しますからね、リネット様」

「ふぇ!?　にゃ、にゃんのこと!?」

「うふふ。大丈夫。親友のわたしはすべて分かっていますとも」

「わ、私たちいつの間に親友に……う、嬉しいけど……えへへ」

リネット様が可愛すぎるんですけど抱きしめていいでしょうか。

わたしが手をわきわき動かしているとギル様が不機嫌そうに「君は」と口を開きました。

「他人のそういう機微には鋭いのに、自分のそれにはまるで気づかないのだな」

「え？　なんのことですか？」

「自分で考えろ、馬鹿者」

ギル様がふい、とそっぽ向いちゃいました。

あれあれ？　わたし、本当に何かしちゃいましたっけ……？

「あのギルがこんな風に笑うようになるなんてね。ほんと、ローズさんには感謝だな」

セシル元帥が意味深に笑います。

「あとどれくらいか知らないけど、これからもギルをよろしくね、ローズさん」

あなたに言われなくても、絶対にギル様は救ってみせますよ。

残る作戦はあと二つ。既に種は蒔《ま》いていますから、そろそろ芽吹くでしょう。

「お、来た来た。遅《おせ》ぇぞオメェら！」

「むしろ早いほうでしょう。交渉は上手くいきまして？」

元帥との面談を終えたわたしたちはガルガンティアの酒場に来ていました。

仕事終わりの兵士たちで賑《にぎ》わう中、半個室のような場所に陣取ります。

「交渉は上手くいきました。グレンデル家のおかげです。感謝してください、サーシャ」

「わたくしが感謝する側ですの⁉」

むきーっ！　と縦ロールを揺らすサーシャは遊び甲斐《がい》があって面白いです。

「さて、今日の食事代は特務小隊の予算から経費で落とす。好きなだけ食え」

「おっしゃぁあ！」

「「ありがとうございます！」」

「いえーい！　推しのおごり♪　ごちそうっ、ごちそうっ、さぁ、何を食べましょうか！」

「わ、私、ステーキが食べたいな……普段食べられない高級なやつ……自分へのご褒美に……」

「いいですね。色んなもの食べてみんなで分け合いっこしましょうよ」

「おいギルティア、オメェ今日こそ飲めよ！　どっちが多く飲めるか勝負だ！」

「くだらん。勝てると分かってる勝負に乗るやつが居るのか」

「はぁぁぁぁ⁉　おい店主、こっちにエール五杯だ！　ぜってぇぶっ倒すからな！」

わいわいガチャガチャと、お食事会が飲み会になってきました。

みんなが仲良く話しているところを見ると、なんだか胸が温かくなってきます。

——あぁ、ずっとこの五人で一緒に居られたらいいのに。

ギル様が、ヘリオが、サーシャが、リネット様がいるこの生活が――

いつの間にか、かけがえのないものになっていたようです。

ダメですね。なんだか感傷的になっている気がします。

「わたし、ちょっと風に当たってきますね」

みんなにそう断りを入れて、わたしはお店を出ました。

そろそろ夜も更けてきたからか、王都の街並みは人が少なくなってきています。

夜風が火照《ほて》った身体を優しく撫《な》でて、わたしはなびく髪を押さえました。

そのときです。通りの向こうから馬車が走ってきました。

「あれは……」

紋章のない馬車は平民のもののようにも見えますが、それにしては駆動が安定しすぎています。

何より、馬車の中からひしひしと感じる物々しさがわたしの警戒心を呼び起こしました。

馬車は、わたしの前で止まります。

そこに降りてきたのは――

「ようやく、会えたわね。お姉様……いいえ、ローズ・スノウ」

「あぁ」

わたしは目を細めます。

「来ましたね。ユースティア。待っていましたよ」

金髪をなびかせる愚妹と真っすぐ向かい合います。

そうですね。そろそろ、わたしたちの関係にも決着をつけましょうか。


「単刀直入に聞くわ」

ユースティアは挨拶もそこそこに切り出しました。

「あたしのドレスに細工をしたのはあんたね、ローズ」

「ええ、そうですよ。気に入ってもらえました？」

ギリッ、とユースティアは奥歯を嚙《か》みしめます。

「あたしの指示に人形みたいに従っていたあんたが、やってくれたわね……!!　あんたのおかげであたしは大目玉を食らったわよ！　今すぐ連れ戻してこいって大教皇から言われてるし……大聖女の地位だって」

そこで一拍の間を置き、彼女はわたしを睨みつけます。

「でもいいわ。あたしは寛大だから許してあげる。その代わり、今すぐ戻ってきなさい！」

「わたしを連れ戻さないと、あなたを貧民街に戻すとでも言われました？」

「ま、まだ言われてないけど……！　でも、そうなるに違いないわ！　あたしはもう、あんな暗くて寒くて、その日食べるものにも困るような生活に戻るのは嫌なの！　お願いだから戻ってよ！」

やれやれ。この子は最期まで自分のことばかりですね。

わたしに嫌がらせをしまくったくせに、虫のいい話です。

まぁ、そうなることを狙って罠《わな》にかけたんですけど。

「いいですよ。妹の最期の頼みです。聞いてあげましょうとも」

「は？」

まさか承諾されるとは思わなかったのか、ユースティアの顔が輝きました。

「そ、そうよ！　それでいいのよ！　あんたはあたしの命令に従う人形なんだから！」

ユースティアが馬車の扉を開きます。そこには従者らしい男が居ました。

「さぁ、早く。大教皇が怒らないうちに帰るわよ！」

「そうですね。でも、最期にお別れを言わせてください」

「はぁ⁉　そんなの待ってられる訳ないでしょ！　いいから早く――」

「さようなら、ユースティア」

次の瞬間、わたしに手を伸ばすユースティアの胸から刃が生えてきました。

わたしごと貫こうとしていた刃から一歩遠ざかると、ユースティアが目を見開きます。

「ごふ……な、んで」

「これが大教皇のやり方ですよ。あなたも、捨て駒にされましたか」

ユースティアの体ごとわたしを刺そうとしていたのは後ろにいた従者らしき男です。

もはや刺客である身を隠そうともせず、彼は口笛を吹きました。

周りの屋根から次々と人影が現れ、魔術の光が目を焼きます。

「なりふり構わないですね――でも、忘れたんですか？」

人影が全員、一斉に地に落ちました。

「今、わたしの傍《そば》には世界最強の魔術師がいるんですよ」

「……遅れたか？」

眼前に立ったギル様の言葉に、わたしは頬を緩めて首を横に振ります。

「いいえ。ちょうど良いタイミングでした、ギル様」

ギル様なら刺客の気配に気づいてくれると信じていましたよ。

「んだよ、ひっくく。もう終わったのか？　一人で全員潰してんじゃねぇぞギルティアぁ！」

「一体何の騒ぎですの……って、その人、まさか現大聖女……!?」

「サーシャ。少し黙ってください。騒ぎになるといけません」

「あ、あわわわわ。どど、どうしよう。この人もう死んじゃいそうだけど……!!」

「ギル様、転移をお願いできますか。ユースティアの服を脱がせるので二人っきりにしてくださいな」

ギル様は不満そうに口をへの字に曲げました。

「……そんな性根の腐った女に、わざわざ助ける価値があるのか？」

「いいから。ギル様は刺客の後片付けをお願いします」

「……分かった」

わたしはギル様の魔術でユースティアと二人で隊舎に転移します。

治療室のベッドに寝かせると、ユースティアは「ごぼッ」と血を吐きました。

「な、何なのよ……なんで、あたしが、こんな目に遭わなきゃいけないのよ……」

「わたしや他の聖女たちを蹴落としていたからです。自業自得でしょう」

ギロッ、と死に瀕した身でユースティアはわたしを睨みます。

「なに、よ。なんでそんな目で、あたしを見るの……！　あたしを、哀れむな！」

「哀れみもしますよ。あなたは何も知らないただの孤児なんですから」

「……っ、いい気に、ならないで！　こんな傷、あたしの力をもってすれば……！」

「そうですね。ユースティアは大聖女ですものね。だったら、使ってみればいいですよ」

そうしたら、わたしがあなたを哀れむ理由も分かりますから。

ユースティアは息も絶え絶えに神聖術を使います。

「《星空の、彼方《かなた》より……来たれ》、《原始の、光、癒《いや》しの……波動》、《我が手に、宿り顕現せよ》」

大治癒《レジェンダリー・ヒール》。神聖術の上位に位置する術で、致命傷を癒し、失った手足すら回復させる奇跡です。

大聖女だけでなく、優秀な聖女であれば使える技をユースティアが使えないはずありません。

ですが、ユースティアは愕然《がくぜん》と目を見開きました。

「嘘……なんで……神聖術が……」

「使えないでしょう？」

死にかけの顔は蒼白《そうはく》になり、ガタガタと震え出します。

「ど、ど、どういうことよ。あたし、神聖術、なんで」

ハッ、とユースティアがわたしを見ました。

「あ、あんた！　何かしたの⁉」

「何もしていませんよ。分かっているでしょう？」

いい加減、現実から目を逸らすのはやめましょうよ。

「あなたは元から神聖術を使えません。だってあなたは哀れな操り人形《パペット》なのですから」

「でも！　あ、あたしは、大聖女よ⁉　今まで、ごふ……はぁ、はぁ、祭儀や儀式で神聖術を……！」

「あなたの詠唱に合わせて他の聖女が神聖術を使っていた、それだけのことです。思い出してください。あなたがどこに行くときも聖女が付いていたでしょう？　それこそ、舞踏会に行くときも、ね」

ユースティアは聖女ではありません。大聖女の役割を与えられた、ただの人間です。

「考えてもみてくださいよ、ユースティア。太陽教会はあなたに護衛もつけずに一人でここに来させた。そして、わたしごとあなたを葬ろうとした。その事実がすべてでしょう」

「ぁ……………」

このまま何も知らず死なせるのは、あまりにもかわいそうですね。

わたしは神聖術でユースティアの出血を止めました。

「そん、な……じゃあ、あたしは……本当に……？」

彼女は呆然自失《ぼうぜんじしつ》といった様子で、わたしにお礼を言うつもりもないようです。

まぁいいんですけどね。どの道、この子はもうじき死にますし。

「最期に……あなたにはすべてを話します。太陽教会がひた隠しにしている真実を――」

そうしてわたしは色々と語りました。

まぁさすがにわたしが人生をやり直していることは言いませんでしたけどね。

「そんな……じゃああたしたちは……あんたも、みんな……！」

「そう。わたしも、彼女らと同じ――ごほッ、げほッ、げほッ」

わたしは手で口を押さえて咳《せ》き込《こ》みます。

……やはりもうこの身体は神聖術の使用に耐えられないようですね。失敗しました。

「い、いや……死にたくない……やだよぉ……寒いよぉ……助けて、お姉、さ、ま……」

わたしに手を伸ばしたユースティアの手が、だらりと下がります。

わたしは彼女の目を閉じてあげてから、真っ赤に染まった手のひらを見つめました。

「……もう、時間がありません」

さっきまで浮かれていた気分が嘘のように凪《な》いでいます。

目を瞑《つぶ》ると、特務小隊の面々と過ごした短くも光り輝く毎日が瞼《まぶた》の裏に浮かびます。

できればずっと、彼らと過ごしていたかったけれど――

ギル様、ごめんなさい。ここからはもう、なりふり構っていられません。

「準備が足りていませんが、残りの作戦を詰めましょう」

ミッション④　ギル様を傷つける奴《やつ》らをぶっ殺しましょう大作戦。

ミッション⑤　ギル様とみんなで色々やっつけちゃおう大作戦。

――さぁ、終わりの始まりです。

◆◇◆◇

ローズがユースティアの死を見届けた同時刻――

治療室の扉の裏から逃げ出す、そばかす顔の少女がいた。

「よ、様子を見るようにってギルティア様に言われて送られたけど……」

ローズがまた何かするかもしれないと、憧れの推しに言われてきたものの。

「と、とんでもないこと聞いちゃった……」

彼女は扉の裏ですべてを聞いてしまっていた。

太陽教会がひた隠しにし、ローズが決して誰にも明かさなかった真実を。

「どうしよう……ローズさん……わ、私は……」

ぎゅっと目を瞑り、

「た、助けなきゃ……こ、今度は私が、ローズさんを助けなきゃ……‼」

そして彼女は、動き出す。

親友を助けるために、共に動ける仲間を求めて。

第五章　贄《にえ》の羊はかく唄う

「――王都で殺人事件が頻発してる？」

先日の襲撃から数日経《た》ち、セシルから呼び出されたギルティアは思わぬ話に面食らった。

セシルは真剣な顔で続ける。

「あぁ。しかも連合軍の要人ばかり狙われている。全員が貴族だ。魔道武具の大商人ガルランド侯爵、二重詠唱魔術式《ダブル・キャスト・オート》の発明者デュアルリッケの末裔《まつえい》……割と大物ばかりだよ」

「既得権益を貪る害虫ばかりだな。蛆虫《うじむし》が減ってちょうどよかったんじゃないか」

「間違っても外で言わないでね。お願いだから……！」

セシルは息をついて続けた。

「それがね。その事件が起こり始めたのは五日前なんだよ」

ギルティアは眉をひそめた。

「……大聖女が死んだ翌日から……か」

大聖女ユースティア・ベルゼの死は公にはなっていない。ましてや太陽教会の手先と思われる者たちが彼女と先代大聖女ローズ・スノウを始末しようとしたなど、ゴシップ記事にも出せない話だろう。

——あの後、ローズはユースティアを救えなかったことをギルティアに詫《わ》びた。

ユースティアの遺体は転移術によって太陽教会に送ったが、彼らに動きはない。

不気味なほどに。

（そもそも、奴《やつ》らはなぜユースティアを殺した？）

太陽教会は表に出てこない大聖女を『体調不良』と伝えているが……。

ローズの話では、今のうちに新しい大聖女を選定しているのだろうということだった。

（ローズといい、ユースティアといい、太陽教会は大聖女の扱いが雑すぎる）

ローズが何か知っているのは間違いないが、彼女に聞いたところで何も言ってくれない。

今朝も話をしようとしたのだが——

『ローズ、先日の件だが……』

『ごめんなさいギル様、わたし忙しいのでまた今度で』

ローズは何も話さず、むしろ自分を避けているような節すらある。

（連合軍の著名人が殺害されている件と……何か繋《つな》がっているのか？）

「分かった。犯人を捕まえればいいんだな？」

「うん、頼むよ。憲兵隊じゃ一向に捕まえられなくってさ」

殺人事件が続いては王都の民衆にも不安が広がるし、王家に対する信用にも関わる。

オルネスティア王国が第二王子であるセシルを通してギルティアを頼ったのはそのためだろう。

「それにしても妙なんだよねぇ」

セシルが首をひねった。

「殺された貴族たちの家には誰かが押し入った形跡がないんだ。まるで、自ら招いた誰かに殺されているような……」

「……ほぉ」

ただの防犯意識に欠けている馬鹿か、あるいは犯人がやり手なのか。

どちらにしろ、犯人を捕まえれば分かる話だ。

セシルから依頼を受けたギルティアは特務小隊の隊舎に戻った。

隊舎のリビングにいたヘリオロープがニヤリと立ち上がる。

「やっと来たか！　オメェ今日の任務はなんだよ！　魔獣討伐か？　魔族か？　なんでもいいぞ！」

「今日は魔獣討伐だ。ヘリオロープとサーシャで向かってもらう」

「あ？　オメェは行かねぇのか？」

「少し用があってな。これくらいの任務ならお前たちでも十分だろう」

「ハッ！　ま、オレ様だからな。オメェが居なくても余裕よ、余裕！」

意気ごむヘリオにサーシャが呆《あき》れた声を浴びせる。

「ちょっとヘリオ。あなた最近調子に乗ってましてよ。任務なのですから気を引き締めて……」

「るっせーよ、サーシャ、オメェこそ魔導銃磨いてんじゃねぇか」

「こ、これはお手入れの範疇《はんちゅう》ですわ！　あなたと一緒にしないでくださいまし！」

「んだとぉ⁉」

（痴話喧嘩《ちわげんか》はよそでやれ。まったく……）

ギルティアはため息をつき、周りを見渡した。

「……ローズはどこに行った？」

「あいつなら用事があるっつって転移門で王都に向かったぞ」

「……王都に？」

「あぁ、なんかオメェの従姉《いとこ》に会うとかなんとか言ってたな」

「…………そうか」

そういえば以前王都に出かけたときに二人が約束をしていたな、とギルティアは思い出す。

ただ、ハークレイ家に出向くというのにローズが自分に黙って出かけることが気になった。

（……最近出かけることが多いな。最初のころは俺にべったりくっついていたのに）

そういや。とヘリオロープが水を向ける。

「あいつから伝言。『今日はアミュレリアの家に泊まるので捜さないでください』だとよ」

（……どれだけ俺を避ければ気が済むんだ、あいつは）

胸の奥がもやもやして、何かを壊したいような衝動に駆られる。

自分が何かをしたなら謝るし、気に障ったことがあれば言えばいい。

だが、何もしていないのに避けられるのは我慢がならない。

（決めた。王都の犯人をすぐに見つけて、あいつと話をする）

胸の内に言いたいことを溜《た》めておくのは自分らしくない。

そのためにも、早く貴族殺しの犯人を見つけねば。

「では俺は行く。何かあれば通信機で呼べ」

「あ、あのっ！　ギルティア様！」

「ん？」

不意に、工房から走ってきたリネットがギルティアの裾を摑《つか》んだ。

上目遣いで、何かを伝えようとしているように見える。

「えっと……」

「……」

「その、ですね」

ギルティアは痺《しび》れを切らして言った。

「悪いが急いでいる。話ならまたあとでしてくれるか」

「あ、ぅ……はい……すみません」

何か言いたげなリネットを振り切り、ギルティアは転移する。

――このときの行動を後悔することになるなど、思いもしなかった。

王都の殺人現場に赴いたギルティアは憲兵隊に挨拶をして現場を検証する。

憲兵隊が感知できないほどの微細な魔力痕を探れば、すぐに犯人に行きつくはずだった。

しかし――

（これは……魔力ではない……？）

検出されたのは魔力に偽装した極微量の神聖術。

弱々しい力で、急所を一撃。ほぼすべての遺体がそうだった。

ギルティアの脳裏に嫌な予感が浮かぶ。

（ここまで弱い神聖術で人を殺すことに特化した術を使える者は限られている）

神聖術を使えるのは聖女と呼ばれる者たちだけだ。彼女たちは一日に何十人もの負傷者を癒《いや》し、今も戦場を支えてくれている。つまり、人を癒せるということは、その逆も――

「……っ」

ギルティアは弾《はじ》かれるように立ち上がった。

「死神殿！　犯人が分かったので？」

「あぁ……しかし俺は急用ができた。セシルにはあとで行くと伝えろ」

憲兵たちに応じたギルティアはその場から転移した。

向かった先は貴族らしい豪華な庭のある屋敷《やしき》だ。

ハークレイ邸。幼少期、両親との折り合いが悪いギルティアは何度もここへ通い、アミュレリアの世話になったものだ。正確には無理やり連れてこられたというほうが正しいが。

見慣れた屋敷には一見すると違和感がない。

杞憂《きゆう》だったか――そんな甘い希望に縋《すが》ろうとしたとき。

「⁉」

突如、ハークレイ邸の屋根を光が貫いた。

空から降ってきた恐ろしいほど濃密な魔力に戦慄し、ギルティアは顔色を変えて屋敷へ飛び込む。

左右に階段のある玄関ホール、その二階部分、西館と東館を繋ぐ部分に穴が空いている。

使用人たちがどよめく中、甲高い悲鳴が聞こえた。

「……っ、お前たちは王都の憲兵隊に連絡しろ！　残りの者は退避だ！」

「だ、旦那様と奥様が、お嬢様も、あの中に……！」

「俺が行く！」

屋敷で働く使用人たちはギルティアの顔見知りで、すぐに指示に従った。

ギルティアは穴の中に飛び込み、そして――

「……なんだ、これは」

地下室には、むせかえるような血臭が満ちていた。
天井に空いた穴から差し込む淡い光が、土煙にまみれた部屋を赤く照らし出す。
「ぎ、ギル⁉」
「アミュレリア、無事か⁉」
へたりこむ従姉の無事を確認してギルティアはほっと息をついた。
「ぎ、ギル、あれ、あの方が、ああ、どうして……！」
アミュレリアが震えながら指差した先、そこに居たのは彼女の両親だ。
血まみれで倒れている彼らの下には魔術陣が描かれている。
ゆっくりと視線を上げれば、そこに一人の女が立っていた。
【……五日、ですか。まぁわたしの身体的にも、ここらが潮時ですかね】
誰かの声と二つに重なった音が、ギルティアの耳朶《じだ》を侵食する。
白髪の頭には角が生えていた。腰からは尻尾が伸びている。
【おはようございます、ギル様。こうして話すのも数日ぶりですね】
どこか妖艶に微笑《ほほえ》むその姿はまさしく――魔族のそれ。
熱っぽい桃色の視線がギルティアを射貫《いぬ》いた。
【さぁ、今こそすべてを終わらせましょう】

それは間違いなく、魔族の姿をしたローズ・スノウだった。

耳馴染《なじ》みのあるローズの声に、しかし、ギルティアは脳の処理が追い付かない。

目の前のローズからは間違いなく魔族の魔力を感じるが、今まで接してきた彼女は間違いなく人間だった。

「どういうことだ……なぜ、君が魔族の姿をしている」

【知らなかったんですか、ギル様。わたし、元々魔族なんですよ】

ローズは能面のような表情で言った。

【わたしが魔族だから、この人たちを殺したんです】

「……っ」

ローズの足元に転がっている死体は間違いなく本物だ。

両親と距離を取っていたギルティアを温かく見守り、親代わりのように接してくれた二人。

この二人が殺されている事実と、アミュレリアが目の前で怯《おび》えている事実。

「アミュレリア……本当か」

従姉は怯えながら頷《うなず》いた。

「ろ、ローズ様が訪ねてきて……三人が地下室で話していたと思ったら、轟音《ごうおん》と、悲鳴が聞こえて
……」

「こいつが魔族の姿をして二人を殺していたと」

状況を聞く限りはローズが二人を殺したと見て間違いない。

優しかったあの二人を――ローズが、殺したのだ。

「王都の連続殺人事件も……お前の仕業か？」

【Si. やはり、先代大聖女の名前は偉大ですね。みんなすんなり家に入れてくれましたよ】

先代大聖女が訪ねてきたから、彼らは無防備にローズを招き入れたのだろう。

これから彼女に殺されることになるとは知らずに――

【さぁギル様。今こそお仕事の時間です】

ローズはにっこりと微笑みを作った。

【連合軍の幹部を殺した連続殺人鬼にして魔族。このわたしを殺せるのはあなたをおいて他にありません。今こそわたしを殺し、再び英雄として名乗りを上げてください】

「……黙れ」

【え】

ふつふつと、怒りがこみ上げてきた。

訳の分からない状況に振り回されるのはうんざりだ。

いきなり数日間避けられたかと思えば、魔族になった自分を殺せだと？

「ふざけるなよ、ローズ」

本当に彼女の正体が魔族だというのなら——いくらでも自分を殺せる機会はあった。

本当に彼女が殺人鬼だというのなら——連合軍の最高戦力である自分を殺していないのはおかしい。

「本当のことを言え、ローズ」

【何のことですか。わたしは本当のことを言っています】

「事実と真実は違う。お前がこれをやらかした理由はなんだ？　説明しろ」

ギルティアが共に時を過ごしたローズは、こんなことをする女ではない。

魔族の姿になっているのも理由があるはずだった。

ギルティアは知っている。

ローズ・スノウは自ら悪役を演じて、誰かのために尽くそうとする女であると。

今、決めた。たとえ姿形が魔族となっていようと——自分だけはローズを信じる。

「もう二度と間違えない。君の悪女面を信じてたまるか」

【お世話になった人を殺した女を信じるんですか】

「まずは真実を問いただす。話はそれからだ」

本当に叔父と叔母を殺したなら罪は償ってもらわねばならない。

だが、それよりもまず説明してもらわねばならないことが多すぎる。

こんな状態のままローズを罪人と決めつけるのは避けたかった。

【……ギル様って、ちょっぴりお馬鹿ですよね】

くしゃりと、ローズが辛《つら》そうに顔を歪《ゆが》めた。

【普通、魔族の人殺しと話をしようとします？　どれだけ優しいんですか。どれだけをわたしを喜ばせるんですか。そんなあなただから、わたしは……】

一雫《ひとしずく》の涙をこぼし、ローズは首を振った。

そして無感情にアミュレリアの両親を眺めながら唇を開く。

【――太陽暦五六九年風の月。今から約一年後】

「なに？」

【魔族たちの猛攻が始まり、前線都市ガルガンティアが崩壊しました。魔族が開発した魔術を封じる秘術に、連合軍はなすすべもなかったのです。対抗策として講じられていた結界封じの魔道具はなぜか一部の場所にだけ配置されておらず、その穴から一気に魔族が雪崩《なだ》れ込《こ》みました】

何を、言ってるのだろう。

【太陽暦五六九年水の月、連合軍幹部の一人である軍務大臣が裏切っていたことが発覚。そこから芋づる式に裏切り者があぶり出され、次々と処刑されていきました。しかし、そこにハークレイ夫妻の名前はありませんでした。当然です。彼らが我が身可愛《かわい》さに生贄《いけにえ》として仲間を売っていたからら】

訥《とつ》々《とつ》と、事実を語るように。

真実味を帯びたローズの言葉は続く。

【太陽暦五七〇年日の月。第八魔王の顕現により、ギル様に魔王討伐命令が下されました。しかし、ギル様は魔王を殺せませんでした。第八魔王がギル様にとって何より大切な家族だったからです】

凍《い》てつくような瞳がアミュレリアを射貫いた。

【ギル様は死にました】

ローズはギルティアに視線を戻した。

【太陽暦五七〇年水の月。ギル様が死んだ連合軍は実験段階だった新型魔導機巧人形《ゴーレム》を大量生産して魔族の大軍に抵抗しました。しかし、第八魔王は止められず……第八魔王は王都の結界を通り抜け、破壊の限りを尽くした後、肉体を消滅させました】

「ま、待って……」

それまで黙っていたアミュレリアが震える声で口を開く。

「ろ、ローズ様が何を言っているのかまだ理解はしかねるけれど……王都には魔族の侵入を阻む結界が張り巡らされています。太陽教会の大教皇様と大聖女様が毎日祈りを捧《ささ》げている結界は、たとえ魔王と言えど通り抜けられるようなものじゃ……」

【簡単な話です。結界の術式構成《コード》を教えていた裏切り者が王都にいたんですよ。それは太陽教会を支える大きな支援者の一族であり、太陽教会は彼らを守るために生贄を差し出すことにしました。

その支援者と繋がっていたのがユースティアです。わたしは冤罪《えんざい》を着せられて……処刑されました】

まるで体験した出来事を語るかのようなローズにギルティアは二の句を継げなかった。

彼女が語っているのは、まだ起こっていない未来の出来事だ。

ローズの話は妄想にすぎず、頭がおかしくなった女の戯言《たわごと》に過ぎない。

——彼女と出逢《であ》う前のギルティアなら、そう思っていただろう。

（大聖女には記憶を飛ばす神聖術があると聞く。もしも未来のローズが死ぬ間際に神聖術で過去に記憶を飛ばし、現在のローズに焼き付いたとしたら……新型魔導機巧人形の知識があったことも）

「まさか、本当に……」

理解できない話は多いが、納得できる部分もある。

そして、先ほどからローズが冷たい瞳を向けていることからも、おそらく——

「その裏切り者が、私の両親というのですか……？」

【Si.　あなたの両親は魔族と通じていました】

こともなげに、彼女は告げる。

【地下室への立ち入りを禁止されていたのでは？　たぶん探せば証拠もありますよ】

「……っ」

アミュレリアはドレスの裾をつまみ、弾かれたように走り出した。

地下室に置かれた書棚を漁《あさ》った彼女は蒼褪《あおざ》めた顔で振り向き、頷く。

「わ、私の命を助ける代わりに、人類を売る密書が……」

「……っ！」

【まぁ、結局未来では裏切られてましたけどね。魔族なんて信じるほうが馬鹿ですよ】

「裏切られた、というのは」

【まだ分かりませんか】

ローズは自分の胸に手を当てて言う。

【第八魔王は霊体の魔王。魔族が生み出した殺意と憎しみの具現です。実体のないかの魔王が顕現するためには初代聖女の血を引く、若く健康な肉体が必要でした……元々、魔族は女神から分かたれた魔神の残滓《ざんし》……特殊な儀式と魔石が必要ですが、裏切り者なら用意はできるでしょう】

つまり、ローズのいた未来でギルティアを殺したのは。

アミュレリアの肉体を乗っ取った第八魔王で、現世では――

【そう。このわたしが第八魔王です】

「なぜだ……」

ギルティアの胸に、はらわたが煮えくり返るような感情が湧き起こってきた。

「なぜ、君が……なぜ君が魔王にならなければならなかった！」

アミュレリアの両親が人類を裏切っていたという話は理解した。二年後の未来、アミュレリアの肉体を使った第八魔王が自分を殺したという話も許容しよう。

だが、彼女が魔王にならなければならない理由が分からない。

もしもローズの言うことが真実だとしたら、自分に相談すればすべて解決したはずだ。

【太陽教会を滅ぼすためです】

「は……？」

【もう、時間がありません】

ローズは苦しげに言った。

【最後の神聖術で魔王の顕現を抑えていますが、わたしはもうすぐ自我を失います。そうなれば破壊の限りを尽くすまで止まりません。だからギル様、どうかどうか正しい選択を】

「やめろ」

ギルティアは手を伸ばす。かつて王都でそうしたように、ローズの手を握ろうと。

ぱしん、と。伸ばされた手を振り払い、ローズは儚《はかな》げに笑った。

【必ずわたしを——殺してくださいね？】

待っていますよ、と。

そう告げて、ローズは天井から飛び出した。

ギルティアが追おうとした瞬間、オルネスティア王国王都に、流星群が降り注ぐ。

大震動。悲鳴と怒号、阿鼻叫喚《あびきょうかん》の渦の中、王都の住民すべての頭に声が響く——

【第八魔王ローズ・スノウがここに宣戦布告する】

【人類よ、貴様らはもう終わりだ】

【太陽教会の敬虔《けいけん》なる祈りにより、我は復活した】

【貴様らが一心に祈っていた太陽神アウラの正体こそ、我が神体である】

【救済のとき来たれり。我を信じた其方《そなた》らに救いを与えよう――死という名の救いを】

第六章　心の在《あ》り処《か》

王都に未曽有の被害をもたらした第八魔王の姿は多くの者が目撃した。

ゆっくりと空を飛ぶ先代大聖女の姿——その直後、地上に降り注いだ流星群。

家屋は倒壊し、貴族街は半壊、教会のいくつかは無に帰した。

王都の住民たちは生存者の救出を行い、安全な場所に避難——できなかった。

彼らが安全だと思っていた教会こそが、諸悪の根源であると宣言されたから。

「大教皇を出せ！　大教皇、説明しろ！」

「ローズ・スノウが第八魔王ってどういうことだ！　俺らの家を返せ‼」

「この責任は誰が取ってくれるのよ！　教会は人類の裏切り者なの⁉」

教会の総本山である大聖堂に大勢の民衆が殺到している。どれだけ聖堂騎士や神官たちがなだめようとも、民衆の怒りがおさまることはない。大聖女ユースティアが舞踏会で貴族たちを傷つけたことは、記憶に新しいからだ。不信の種は既に植え付けられている。

「……これも、お前の狙い通りなのか。ローズ」

時計塔の上で王都の街並みを見渡しながらギルティアは呟《つぶや》いた。

アミュレリアは両親の死と、崇拝していたローズの裏切りにショックが拭えず、王宮に避難させている。この情勢下では教会よりも王宮のほうがいくらか安全だろう。

「ガルガンティアにも魔族が迫っている……早く往《い》かねばならないが」

情報を整理する時間が欲しかった。

ローズ、未来、大聖女、第八魔王、太陽教会、与えられた情報はあまりに多い。

自分を殺してくれと懇願する、彼女の言葉も――

「君は、なぜ太陽教会を滅ぼそうと……一体、なぜ……」

これは直感だ。彼女の秘密を明かさなければ、どれだけ言葉を重ねても救えないだろうという。

「……大聖堂、行ってみるか」

ギルティアは指を鳴らし、大聖堂の中心に位置する執務室へ転移した。

「大教皇猊下《げいか》、民衆の怒りは止《とど》まることを知りません。いかがされますか」

「……ユースティアに、ローズか。奴《やつ》らめ、厄介な真似《まね》を……！」

「何が厄介だ？」

「!?」

大聖堂の執務室には二人の人間がいた。

一人は裾の長い祭服に身を包んだ老軀《ろうく》である。太陽教会を長年支え続けてきた傑物であり、すべての太陽信徒の頂点に立つ男――大教皇イヴァン・アントニウス。

ローズを追放した張本人は驚きに目を見開いていた。

「ギルティア・ハークレイ……なぜここに」

「ローズ・スノウについて知りたいことがあってな」

「……」

「彼女がなぜあそこまで太陽教会に怒りを向けているのか……心当たりがないとは言わせんぞ」

大教皇はもう一人の男——おそらくは大司教と思われる男と目を合わせる。

目と目で会話した彼らはギルティアに目を向けた。

「知ってどうするというのです」

「ローズを救う」

「ハッ！　救うと来ましたか。あのギルティア・ハークレイが……丸くなったものだ」

大教皇は嘲笑《あざわら》うように鼻を鳴らし、ため息をついた。

「あなたの知りたいことを教えましょう。但し条件があります」

「言ってみろ」

「この混乱をおさめるために……人類を救うために協力してください」

「……善処しよう」

「大教皇猊下、よろしいのですか？」

「今は彼の魔術に頼る以外に道はない……このままでは人類は滅ぶのだから」

大司教は渋々といった様子で引き下がり、大教皇は本棚の前に立った。

彼が本棚の一つを押すとカチッと仕掛けが作動し、音を立てて本棚がズレ始める。

地下へと続く階段が現れ、ギルティアは眉をひそめた。

「隠し通路か。話ならこの場で済ませられると思うが？」

「太陽教会が嫌いなあなたは私の話を信用できないでしょう。実際に見てもらったほうが早い」

大教皇はそう言って歩き出し、ギルティアは薄暗い階段に足を踏み入れる。

螺旋《らせん》状に伸びている地下階段はかなり長く、どこまでも続いているように思えた。

（……こんなところに一体何を隠している？）

「時にギルティア・ハークレイ。あなたは聖女についてどれくらいご存知ですか？」

「……神殿が神聖術の才を見出《みいだ》した子供たちを育てたのが聖女だろう」

「それは嘘《うそ》です」

堂々とのたまう大教皇にギルティアは面食らった。

「……どういうことだ」

「あなたは聖女の顔を見たことがありますか？」

地下階段の底には整備された石畳の通路が伸びていた。

魔石灯の光が蒼《あお》く光る、肌寒い場所には仮面をつけた聖女たちが行き交っている。

通路にある扉に出入りする聖女たちを見てギルティアは答えた。

「ある。ローズと……ユースティアの顔だ」

「ならばその二人以外は？」

「……ない」

「そうでしょうね。あの仮面はどうやっても取れないようになっていますから」

持って回った話しぶりにギルティアは苛立《いらだ》ちを覚える。

「何が言いたい。誤魔化すなら……」

「——着きましたね」

ギルティアの言葉を無視して大教皇は言った。

まっすぐに続いた通路の先にある光は眩《まぶ》しく、彼は思わず手でひさしを作る。

「ご覧なさい。あなたが知りたかった真実だ」

は？

「…………なんだこれは」

通路の先にあったのは広大な空間だった。

五百メルト四方の空間に所狭しと光る柱が並んでいる。

光る柱の正体は蒼い液体に満たされた培養槽だ。

ぽこり、ぽこりと空気の泡が浮かぶその中には、裸の少女たちが膝を丸めて眠っている。

その少女たちの顔が、問題だった。

「ローズ……?」

そう、ギルティアのよく知るローズと同じ顔をしていたのだ。

ローズと同じ白髪の髪、ローズと同じ色素のない肌、ローズと同じ――

「聖女計画。それがすべての始まりでした」

そして大教皇は、語り出す。

「遥《はる》か昔、女神の寵愛《ちょうあい》を受けた一人の乙女が居ました。後に初代大聖女と呼ばれる彼女は女神から教えを受けた神聖術を駆使し、魔神を討つにいたりました。魔神の死後、魔族と呼ばれる魔神の残滓《ざんし》が生まれ、人類は後に魔族を束ねる八大魔王が生まれるまで束《つか》の間《ま》の平和を得ます。しかし……それ以後、初代大聖女のように神聖術を使える者は現れませんでした」

それは人類史に秘された真実。

表の歴史には決して現れない、おぞましい裏話。

「そこで我が太陽教会は古代技術を使って初代大聖女の複製を作ることにした。初代大聖女の細胞を培養し同じ人間を作れば、再び神聖術が使えるようになるだろうと。最初は上手《うま》くいきませんでしたよ。初代大聖女と同じ身体《からだ》を作っているにも拘《かか》わらず神聖術が使えない副産物ばかり生まれた。何が原因なのか、我々は副産物と人間を交配させて初代大聖女の血を引く者たちを作り続けました。その結果、微弱ながら神聖術を使える者が生まれ始めた。実験は軌道に乗り始めました」

「貴様、は」

「もちろんそれで終わりではない……むしろ始まりです。我々太陽教会は神聖術を使える者を『聖女』と称して戦場に送り出しました。この時点で既に戦力としては有用で、戦場での死亡者数は激減。我々はさらなる成果を求め、大聖女の聖軀《せいく》から再度細胞を採取し、培養。もう一度大聖女を再生させることを試みました。その結果生まれたのが、あなたの知るローズです」

（……思えば）

太陽教会に与えられた情報を鵜呑《うの》みにして、ギルティアは大事なことに気づけなかった。

人類史に数々の功績を残した稀代《きたい》の大聖女、ローズ・スノウ。

その生い立ちが、ただ教会に選ばれた少女であると愚かにも信じていたのだ――

拳をきつく握りしめるギルティアに気づかず、大教皇は培養槽を眺め回す。

「製造当初は他の検体と変わりませんでしたが、ローズはある時期に覚醒し、初代大聖女に匹敵する力に目覚めてくれた。我々は初代大聖女ではなく、成功例であるローズの複製を作ることにした。その結果、聖女たちの能力は飛躍的に上昇。彼女自身の能力と相まって、素晴らしい戦果を挙げることができた。ローズとあなたが同時代に生まれたことはある種の奇跡かもしれませんね……」

ブチ、とギルティアの怒りは臨界点を越えた。

ギルティアは大教皇の襟首を摑《つか》んで壁に押し付けた。

「貴様ッ‼　人を、命をなんだと思っている⁉」

「間違えないでください。彼らは人間ではない」

そこに何の疑問も抱いていないかのように大教皇は首をかしげる。

「ギルティア・ハークレイ。先ほどあなたはローズを救うと言いましたが、道具を救う必要がどこにあるんですか？　ほら、見なさい。ローズの代わりなど、ここにいくらでもいる」

「……っ!!」

ギルティアはすべてを悟った。

舞踏会でユースティアのドレスに細工をし、民衆に不信の種を植え付けた意味を。

ローズが第八魔王となってまで民衆に念話を届け、太陽教会を敵に回した意味を。

（あいつの言う太陽教会を滅ぼすとは、こういう……！）

大聖女が魔族だったという言葉が真実であれば、いかに太陽教会といえど終わりだ。

貴族や商会からの寄進は絶たれ、おぞましい聖女計画とやらもストップするだろう。

（自らを悪役にしてでも救いたかったのか。何度死んでも作られる、自分の妹たちのために——!!）

ギルティアを払いのけ、襟を正した大教皇は続ける。

「そういえば、ユースティアのことをまだ話していませんでしたね。アレは聖女の隠《かく》れ蓑《みの》——『操り人形《パペット》計画』の産物です。さすがに歴代大聖女が何人も同じ顔だと困るでしょう？　なので、貧民街から連れてきた適当な子供に大聖女の真似ごとをさせたのですよ。操り人形として、ね。ユースティアはローズと顔立ちが似ていたので選びました。尤《もっと》も、アレは歴代最悪の出来損ないでしたが」

　大教皇はそっと息をついた。

「しかし、ローズのことは想定外でしたねぇ」

「……」

「彼女はとっくの昔に活動限界を迎えているはずで、放っておけば三日もしないうちに消えるはずでした。だからこそ私は彼女を追放したのです。ですが彼女は生きていた……どういう方法を使ったのか知りませんが、第八魔王にまでなってしまった。民衆の不満は爆発しています。このままでは太陽教会もろとも人類は滅ぶでしょう」

　聖女が生み出されなくなれば、戦場を支える存在が居なくなる。

　魔族軍は勢いを増し、早晩、人類は滅びを迎えるだろう。

「さぁ、約束を果たすときです。ギルティア・ハークレイ」

　大教皇は両手を広げてギルティアに向き直った。

「今なら、まだ間に合う。オルネスティア王都以外に情報が漏れていない今なら……あなたの力なら、王都に住む三十万の民衆、すべての記憶を改竄《かいざん》できるでしょう?」

　何日間かに分けて、且《か》つ、民衆たちを隔離した上で行うなら確かに可能だ。

　王都と太陽教会が協力すれば、おそらくは民衆の記憶改竄は間に合う。

「あまり大きく記憶を改竄すればボロが出るので、こうしましょう。ローズは魔族に殺された哀れな被害者！　ローズの姿をしていたのは彼女に化けた魔族だったのです！」

ギルティアが大教皇を見る目は底冷えするほどに冷たい。

「……俺が、それを受けると思うのか」

「思いますよ。私たちの提案を呑《の》まなければ人類は滅びますから」

戦場に出た経験のあるギルティアが誰よりも知っている──聖女の重要性を。

「あぁもちろん、ただでとは言いません。あなたにも真実と共に報酬を渡します。あなたはローズを救いたいそうですからね──ほら、こっちのローズなんて新鮮ですよ？」

培養槽が煙を噴き出しながら開き、生まれたままの姿の女が歩いてきた。

「一体で足りなければ二体でも、三体でも差し上げます。あぁ、もしや自分を慕っているローズがお好みで？　それなら調整可能ですよ、ほら」

大教皇の手が光を放ち、ホムンクルスの頭に触れた。

ローズの顔をしたホムンクルスは舌足らずの口調で「ぎるてぃあさま」と言った。

一人、また一人、やがて数十人の『ローズ』が歩いてくる。

「ぎるてぃあさま」「おしたいしております」「すき」「あいしてる」「てを」「あたまをなでて」「ぎるてぃあさま」「ぎるさま」「ぎるてぃあさま」「ぎるてぃあさま」「あいしてる」「すき」「すき」「あい」「あい」「あい」「あいし」「すき」「あいして」「すき」「あいして」「すき」「あいして」「あいして」「あいして」「あいして」「あいして」「あいして」「あいして」「あいして」「あいして」「あ

いして」「あ

いして」「あ

いして」「あいして」「あいして」「あいして」「あいして」「あいして」「あいして」「あいして」「あいして」「あいして」「あいして」「あいして」「あいして」「あいして」

――わたしをあいして。

「やめろっ‼」

ギルティアの視界が真っ赤に染まり、全身から魔力が爆発的にあふれた。

ホムンクルスたちが吹き飛ぶ。ギルティアはあらん限りの怒りを込めて大教皇を睨《にら》んだ。

「やめろ。こいつらは、ローズじゃない……！」

「そうでしょうか。同じ身体ですよ？」

「ふざけるなッ！　たとえ同じ身体でも、心は魂に宿る。俺と過ごしたあいつは、魔王となったあいつ一人だけだ‼　何が聖女計画……貴様ら、一体どれだけの悪業を重ねれば気が済む⁉」

「心外ですね。我々こそ人類の守護者だというのに」

大教皇は肩を竦《すく》めた。

「人は誰かの犠牲なしには生きていけない。あなたもそうでしょう？　あなたという人材を消費することで人類は守られている。分かりますか？　大義を為《な》すには誰かを犠牲にしなければならないのですよ。試しに民衆に聞いてみればいい。女一人と一億人の命、どちらが大事なのかを――ね」

（……っ、なぁローズ。君はずっとこんな気持ちだったのか？）

大教皇の言葉を受け入れることはできないが、一側面から見れば彼の言葉は正論そのものだ。

人類全体から見れば太陽教会は正義で、聖女たちの犠牲を否定する者こそ悪。

太陽教会を否定しようとすればするほど、大勢が選ぶ『正義』の在り方が見えてしまう。

はらわたが煮えくり返るような、やり場のない『正しさ』に対する怒り。

「さぁ選びなさい。人類のために、正しき道を選ぶのです！」

あぁ、ならば。

そんな『正しさ』になど、一片の価値もない!!

「『滅びの残火《アグラ・ドルヴァ》』」

「⁉」

魔術陣が展開。黒い炎が、数百基の培養槽を溶かし始めた。

「な、何をする⁉　これらを作るのに一体どれだけの歳月がかかると……！」

「大教皇。貴様は人類の代表であり、おそらくは『正しい側』なのだろう」

黒い炎は地下の空間を呑《の》み込《こ》み、やがてすべてを溶かしていく。

生まれる前の、意志を持たぬホムンクルスたちも、また。

「だが俺はそんな正しさに殉じる気はない。約束は無効とさせてもらおう」

「そんな道理が通じると思って……」

「なんなら聖堂騎士すべてを滅ぼしてやろうか」

それができる実力がギルティア・ハークレイにはある。

へなへなと地面にへたりこんだ大教皇を一瞥《いちべつ》し、ギルティアはその場を後にする。
真実を知った。ローズの怒りの根源も。ならば、次にやることも決まっていた。

断章　ローズ・スノウ

製造番号六〇二番。それがわたしの名前でした。

いいえ、名前というより、識別番号、と呼ぶべきでしょうか。

なにせ同じ顔をした人たちがたくさん居ましたから。

まったく同じ身体《からだ》をしたわたしたちを呼ぶのに神官たちは苦労していて、首に識別タグをかけていました。今から思えば、名前を付けることで自我が芽生え反抗されることを恐れたんでしょうね。

聖女は教会の意のままに動く道具じゃないといけませんでしたから。

わたしだって例外ではなく、戦場で仕事をする際に支障がないよう、最低限の言葉が話せるように脳の言語野をいじられていました。ホムンクルスの核となる部分に受けた命令に従うように術式が刻まれていたようで、逆らおうと考えた瞬間、頭が割れるような痛みを感じるようになっていましたから、それこそ人形のように働きましたとも。仮面もつけていましたしね。

最初の記憶は、戦場でわたしを製造番号六〇二番と呼ぶ神官の顔です。

あの戦争は相当悲惨で、わたしの隣でバタバタと聖女が死んでいきました。

魔族たちも兵士を治療する聖女を厄介だと思っていたのか、執拗《しつよう》に後方部隊を攻撃してきましたからね。神官の盾となれと言われれば黙って死に、魔導爆弾を身体に巻き付けて敵陣に特攻。数十人の聖女が一斉に爆死するさまを、わたしは一生忘れないでしょう。こう、目の前で内臓がぱっと弾《はじ》け飛ぶ感じですよ。大腸の欠片《かけら》が仮面に付着したのを無感情に見ていましたっけ。

聖女たちは次々と出荷され、際限なく『消費』されていきました。

もちろん、このわたしだって例外ではありません。

わたしを担当していた神官――今は大教皇になっていますが、当時は彼も新任でした。

魔族がにじり寄ってくる恐怖に耐えきれず、わたしを盾にして逃げ出しました。

もちろん従いましたよ。わたしは聖女なので。

人類様の役に立ち、彼らを守って死ぬことが誇りだと胸に刻まれていたので。

だから身を挺《てい》して彼を庇《かば》い、わたしは危うく死にそうな傷を負いました。

……でも、助かったんですよね。

そこからです。わたしに自我が芽生え始めたのは。

おそらく負傷したときにホムンクルスの核が損傷し、何らかの不具合が出たんでしょう。

教会に反抗する意思を持っても痛みを感じませんでしたし、聖女に話しかけても頭が痛くなりませんでした……弊害は、ありましたけどね。

自我が芽生えたことで、どうしようもなく怖くなったのです。このときはまだ感情を知りませんでしたけど……戦場を前にした震えは間違いなく恐怖でしょう。わたしは死にたくない一心で神聖術を磨き、気づけば初代大聖女の再来――最高傑作の聖女だと言われるようになりました。

あのときは滑稽でしたね。

神官たちはわたしが他の聖女と同じだと思って居ましたから、ぺらぺらと聖女計画のことを話してくれました。何も分からない人形の振りをして情報を集め、どうやらわたしたちは造られた存在なのだと知り、大量に『消費』されていく姉妹たちの怒りと悲しみを、感じるようになりました。

当時、聖女たちを束ねるように指示されたわたしが、ですよ？

彼女たちの怒りと悲しみを感じながらも、わたしは我が身可愛《かわい》さに命令に従っていました。

おのれの醜さに吐き気がしてしばらく何も喉を通りませんでしたね。

神官の道具となり、生きる意味も見出《みいだ》せず、消費されて死ぬ。

教会の手となり足となり人類様のお役に立ち、死ぬ。

かつてはそんなことを本気で信じさせられていたわたしですけれど。

自我が芽生えてからは常々考えていました。

生きるとはなんでしょう？

人間とはなんでしょう？

心とは？　感情とは？

――わたしは、何のために生きているんですか？

考えても、考えても答えは出ませんでした。答えが出ないうちに活動限界が訪れ、わたしは表舞台から引退し、聖女の雑用として、いつ死んでもおかしくないまま働きました。

けれども、そんな死にかけの聖女を使わざるを得ないほど戦争が激化していきます。

わたしは二度目と同じようにユースティアに追放され、特務小隊に配属されました。

ちょうどヘリオロープが死ぬ直前のことです。

当時はやはり『心』が分かりませんでしたから、ヘリオロープやサーシャとは碌《ろく》に会話することなく、ただ彼らの死を見届け、そして――ガルガンティア半壊のとき、リネット様とお話ししました。

聖女として淡々と治癒していたわたしの、初めての会話と言えるでしょう。

『い、いや！　私はまだ死ねないんです。まだ、死ねないんです！』

『そうなんですか？』

『だってまだ、推しと話してないもん。推しと話すまで死ねないもん！』

リネット様は戦場にいながら生きる意志を抱いたお方でした。

臆病でありながら、腕を失うことを恐れ、推し活というものに勤《いそ》しんでいたリネット様。

人類という群れを守るために戦う以外の生き様にわたしは興味を抱きました。

『リネット様。推しとはなんでしょうか』

『推しっていうのは……応援したい人っていうか、この人のためなら尽くせる！　って思う人……ですかね』

『そうなんですか』
『推しがいたら心が豊かになりますよ。推しが幸せなら自分も幸せになれるんです』
心は目に見えないものです。
人間は見えないものに振り回されて大変だなと思っていました。
けれど同時に、どうしようもなく眩《まぶ》しかったのだと思います。
それは道具として消費されるわたしには持ちえないものでしたから。
『……心。推しがいれば、心が分かりますか』
『きっと分かります。聖女様には、推せる人いないんですか?』
『推しという概念を初めて知りました。興味深いです』
『あはは。そうですか……なら』
ごろんと転がって、リネット様は笑いました。
『聖女様にも、いつか推せる人が現れたらいいですねぇ』
リネット様は、わたしに『心』を教えてくれました。
誰かを推す、推し活というものが、心を育むのだとおっしゃいました。
けれどわたしには応援したい人なんていません。
わたしが出会った人間はリネット様を除き、クズばかりでしたからね。
ホムンクルスたちを道具扱いする大教皇、聖女を神の使いと崇《あが》める兵士たち。

わたしの妹たちを大量に消費し、それを喜ぶ人類――

この世界のどこに、推せる人が居るというのでしょう。

一時は推し活の概念を教えてくれたリネット様を恨みもしましたね。

だって知らなければ、わたしは自分の欠陥に気づかなかった。

大量に消費される聖女たちを悼み、悲しむこともしなくてよかった。

生きる意味を、こんなに考えることなんてなかったのに。


クウェンサ家の崩壊をきっかけにリネット様は実家に戻り、魔道具作りに専念します。

この数ヵ月後、彼女は新型魔導機巧人形《ゴーレム》を実験段階まで仕上げるのですが――ともあれ、リネット様が戦場を離れたあと、魔族たちの攻勢は激しさを増しました。

『見つけたぞ大聖女ッ!!　お前を殺せば俺たちの勝ちだ……!』

あとはもう、聖女たちを殺せば魔族たちの勝利は確定したようなものでした。

そう、わたしは自分のことに必死で全然知らなかったのです。

特務小隊を離れて単独行動していた人類の希望を――『死神』と恐れられる英雄の存在を。

わたしが魔族の刃を受けようとしたそのときでした。

ズガァンッ!!　と、すごい音を立てて、あの人が現れました。

治療所に攻め込んでいた魔族たちは一瞬で消し炭になりました。

あの人は――ギルティア・ハークレイ様は言ったのです。
『大丈夫か』
わたしの世界に光が差し込んだ瞬間でした。
差し出された手を、わたしは取ったのです。
『聖女たちを逃がしてくれ。君ならできるだろう？』
『Si. 了解いたしました』
『……また後で会おう』
ギルティア様は出会ったときと同じように突然消えました。
遠いところで爆音が響きわたり、彼が活躍しているのが分かります。
このときのわたしの感動と言ったら、百の言葉を使っても表しきれません。
次々と上級士官たちが逃げていく中、ギル様だけは諦めていませんでした。
後方で頑張る聖女たちを見捨てまいと助けてくれたのです。
最初はあの人も、聖女が嫌いだったみたいですけどね。
『二度目』のときのギル様もそれは大層な反応をされていましたし。
でも、最後まで戦場に残る聖女たちを見て彼は考えを改めてくれました。
『君と話がしたい、ローズ。この戦場をどう思う？』
魔族たちを追い払ったギル様はわたしの元に現れて言いました。

わたしは淡々と、率直に、忌憚《きたん》のない意見を言ったと思います。

具体的な数字を交えた戦場観をギル様はいたく気に入ったようです。

実は特務小隊に配属されていたことを伝えたら、大層驚いていましたね。

『また来る』

それからというもの、ギル様は度々わたしのところに訪れるようになりました。

足を引きずっていたギル様は何度か負傷することがあって、わたしが治療を担当しました。

ある日のことです。

『……ローズ、済まない。俺は君たちを誤解していた』

『誤解？』

『聖女は教会の意思に沿うだけの人形のようだと……しかしどうだ、連合軍の幹部が次々と逃げ出していく中、君たちだけは最後まで戦場に残っている。俺は君たちのような献身的な者を支えるために戦っているのかもしれない』

何か、色々と悟ったようなことをおっしゃっていました。

たぶん前線で何かあったのでしょうね。このときのわたしはそんな機微を悟る心はありませんでしたから、やはり率直に言いました。

『いいえ。あなたの言葉は正しい』

『……』

『わたしたちは教会に造られた心のない人形です。もしも治療以外でお役に立てるならすぐにでも命令に従います。身代わりでも、盾にでも、お好きなようになさってください』

『……どういう意味だ?』

教会の幹部が近くに居ないことをいいことに、わたしはべらべらと喋《しゃべ》りました。

聖女計画、心の在《あ》り処《か》、生きる意味……胸の内に溜《た》まっていたことを打ち明けました。

ギル様はもう、大層なお怒りようでした。

太陽教会を潰すとおっしゃったので、人類が滅びますからとわたしが止めました。

だってわたしたちは所詮、心のないホムンクルスですよ。

大量消費される道具のために人類を滅ぼすなんてもったいないじゃないですか。

だけど。

『道具じゃない』

『君にはちゃんと心がある』

ギル様は、わたしを強く抱きしめて、言ってくれたのです。

『一人で抱え込んで、ずっと辛《つら》かったな』

『もう大丈夫だ。君は一人じゃない』

『だから泣くな。せっかくの美人が台無しだ』

涙があふれて止まりませんでした。

胸の奥に感じたことのない熱を覚えて、頭がくらくらします。

くしゃりと顔を歪《ゆが》めたわたしはギル様の胸に顔を押し付け、一晩中泣きました。

『推しっていうのは……応援したい人っていうか、この人のためなら尽くせる！　って思う人……ですかね』

『そうなんですか』

『推しがいたら心が豊かになりますよ。推しが幸せなら自分も幸せになれるんです』

——あぁ、リネット様。

あなたの言っていたことが分かりました。

わたしに推しが居るというなら、それは間違いなくギルティア・ハークレイ様です。

世界でただ一人わたしの痛みを理解して共に泣いてくれた人。

誰もが見捨てる人形を助けて、わたしと怒りを共有してくれる人。

推し活をしていれば心が豊かになる。

その言葉を頼りに、わたしは人間らしく振る舞うようになりました。

リネット様から聞いた推し道を貫こうと、そう思ったのです。

推し活動の心得。

その1、推しとは適切な距離を取るべし。

その2、推しは推せるときに推すべし。

その3、推しと恋人になってはならない。

最後のやつはちょっと分かりませんでした。

人間の生殖活動における求愛行動は人形のわたしには難しすぎました。

だからたくさんの本を読んで勉強して、『恋』と『推し活』を学びました。

『何度も言いますが、わたしとギル様はファンと推しの関係であって、それ以上ではありません。むしろそれ以上になってはいけないんです。これは推し活の心得。禁忌なんですよ』

あぁ、ごめんなさい。サーシャ。

わたし、嘘《うそ》をつきました。

本当はもう、とっくの昔に落ちていたのです。

ギル様の目を見るだけで胸がときめき、彼の傍《そば》にいるだけで心が浮き立ち、目の前の景色が違ったもののように見えました。彼の顔を見るだけで、抱きしめてほしいと思ってしまうのです。

わたしは推しに——恋をしていました。

ですが、ギル様はわたしが聖女だから話してくれているにすぎません。

その証拠にわたしとの会話は戦場や魔族のことばかりで。

色恋のような雰囲気になることなんて、一度もありませんでした。

尤《もっと》も、わたしにその空気が察知できるかと言われれば、たぶんできませんけど。

それにわたしには——恋をする資格なんてありません。

一般的に、ホムンクルスの活動限界期間は十年と言われています。

わたしはそれを大幅に超えた、二十年以上の時を聖女として過ごしました。

元より人の身には過ぎた力である神聖術。戦場で積み重ねた無茶がたたって、わたしはもう長くありません。ぶっちゃけた話、生きているのが不思議だと神官は言っていました。

いつ身体が崩れてもおかしくはない。

だからこそ、大聖女を引退していた訳ですから。

もうすぐ死ぬと分かっている女が恋慕の情を抱くなど許されるでしょうか?

あの人を悲しませると分かっていて想《おも》いを告げるのは自己満足です。

わたしは……何も言えませんでした。

そして別れのときがやってきます。

『ここはもう終わりだ。次の戦場に行かなければ』

荒野の丘に立ちながら、あの人はそう言いました。

夕焼けの光がその顔を照らし出し、わたしの心を突き刺します。

『第八魔王はすぐそこまで迫っている。俺が行かなければすべて終わる』

ダメ。行かないで。

そう声に出したかったのにこのときのわたしは愚かにも我慢をしました。

言いたいことを胸に押し込んで、仮面のような笑顔で言います。

『ご武運をお祈りしております。ギルティア様』
『あぁ。君も気を付けて』
風がわたしの髪を巻き上げ、視界が塞がりました。
白い線に覆われた世界の中でただあの人の声だけが耳に届きます。
『――もっと早く、君と話していればよかったな』
わたしもそうです。
今さら言っても遅いのは分かっています。でも、お慕いしていました。
ずっと前にあなたと出逢《であ》っていれば、わたしは――
ただ、あなたと共に過ごしたかったのです。
同じ刻《とき》を重ね、同じ物を食べ、同じ景色を共有し。
あなたと共に在るだけで、ずっと幸せでした。
だから『二度目』は決めたのです。
この想いは胸に秘めて絶対に言わない。
ただのファンとして、彼のために全力で尽くそうと。
あの人が私に心を教えてくれたから。
あの人がくれた温《ぬく》もりを、少しでも返したいと思ったのです。
痛いこと、苦しいこと、悲しいことを、もう我慢しないと。

わたしに残された少ない時間を彼のために過ごせたなら――
彼を救うことができたなら、わたしにとってこれ以上の幸せはありません。
――ねぇ、ギル様。
わたしはあなたを愛することはできないけれど。
心のない人形だったわたしにそんな資格はないけれど。
あなたが傍に居ろって言ってくれたこと、本当に嬉《うれ》しかった。
大好きです。
心から愛しています。
――あぁ、今なら分かります。
これが、これこそが心なんですね。
理屈で分かっていても胸がぐちゃぐちゃにかき回されるみたいな。
正しくないと分かっていてもやり遂げなければならないと思うような。
愚かで救いようがない――だけど、宝石よりも尊い。
これが、心なんですね。
あぁ、ギル様。
叶《かな》うことなら、わたしは。
最後に、あなたと、もう一度――

「――ローズッ‼」

最終章　永遠の愛をあなたに

前線都市ガルガンティアに十万を超える大軍が進軍していた。

人ならざる異形の者たちが闊歩《かっぽ》する中、場違いに明るい声が響く。

「いやぁ、ビビったぜ！　お前がいきなり顕現したって聞いたときはよ！」

獅子《しし》の頭を持つ、大柄な魔族であった。

赤いマントをはためかせる男は魔導装甲車に座りながら隣にいる女の背中を叩《たた》く。

「本来なら入念な準備の元に顕現をする予定だったのに、なぁ！　これだから劣等種は使い物にならねぇよ。ま、この俺がいればどんな相手だろうが関係ねぇ。早く戦えてラッキーってとこか？」

【……沈黙を要求する】

「ジハハッ！　しかもその顕現体がその身体《からだ》とはなぁ！」

獅子男は女の声を一顧だにしない。

「その女にゃあ散々煮え湯を飲まされたんだよ。なぁ第八魔王よ。殺していいか？」

【あまり我を挑発しないことだ。第五魔王レオゼリア・バート】

第八魔王――ローズの肉体を得た殺意と憎しみの具現は言った。

【我は今、この女の知識を吸収している。それが終われば貴様ごとき、一秒で滅ぼせる】

「ならやってみっか。おぉ？」

第五魔王と第八魔王の睨《にら》み合《あ》いに、周囲の魔族たちはごくりと息を呑《の》んだ。

この怪物たちに暴れられたらたまったものではない。抗議の視線を送る側近に第五魔王が折れた。

「ジハハ。ま、いいさ。生まれたばかりの赤ん坊に怒るほど俺は暇じゃねぇ。内通者がトチったせいでちぃっと計画は早まったが、やっと人類を滅ぼせると思うとせいせいするぜ」

【……もう勝ったつもりか】

「おうよ。お前と俺、二人揃《そろ》ってたら負けねぇだろ」

ローズの肉体に憑依《ひょうい》して急速に自我を獲得していった第八魔王は人類領域を離れ、第五魔王の軍と合流していた。元々、儀式魔術で降臨する第八魔王の顕現は魔族に伝わるようになっており、第八魔王が内部から、第五魔王が外から人族を滅ぼすというのが当初の作戦だった。

第八魔王は――遠くを見ながら言った。

【まだ人類には奴《やつ》がいる。くれぐれも侮らぬことだ】

「……ギルティア・ハークレイか。顕現したてとはいえ、お前が手傷を負うほどの男……ハッ、グラント・ロアもやられちまったしな。もちろん忘れてねぇぜ。あいつは俺の獲物だ」

【そう、彼は人類最強……魔族最大の、天敵だ】

第八魔王の赤く染まった瞳が、一瞬陰りを見せる。

その瞳の奥にいるのがどちらなのか、この場の誰も知る由《よし》もなかった。

◆◇◆◇

前線都市ガルガンティアに警報が響きわたっている。

ここ数年鳴る気配もなかった魔族襲来の知らせに兵士たちは大慌てで準備を始めていた。

「いきなり魔族が来るとかどういうことだよ！　斥候部隊サボりすぎだろ⁉」

「王都に裏切り者がいたらしい。太陽教会がやらかしてたって話だが」

「はぁ⁉　敵は十万⁉　こっちは全部合わせても一万しかいねぇぞ⁉」

混乱がさめやらぬ前線都市に転移し、ギルティアは特務小隊の隊舎にいた。

「――これが、俺の知ったローズ・スノウの真実だ」

重苦しい空気の満ちたリビングにはヘリオロープ、サーシャ、リネットがいる。

痛ましそうな彼らの胸に渦巻く感情は自分も経験したものだ。だからこそ、一番感情的になりやすいヘリオロープが黙ったままでいることにギルティアは違和感を覚えた。

「……あまり、驚かないのだな」

「まぁ、なァ……」

ヘリオロープは視線を泳がせながら天を仰いだ。

「あいつのズレた感じが腑《ふ》に落ちたっつーかよォ……ムカつきすぎて言葉も出ねぇっつーか」

「……そうか」

確かに、ギルティア自身も行き場のない感情を持て余している。

サーシャやリネットが何も言わないのも、きっと同じだろう。

彼の言葉にローズに対する信頼と同情を見て取って、ギルティアは息をついた。

「……お前たちに、頼みがある」

ギルティアは机に手をつき、頭を下げる。

「ローズを、救いたい。助けてくれないか」

「オメェ……」

ヘリオロープ、サーシャ、リネットがそれぞれ目を見開いた。

特務小隊に仲間は要らないと豪語し、ローズが来るまで単独行動をしていたギルティアが——

あの人類最強の魔術師が、頭を下げている。

「第八魔王になったローズを救う……その手立ては、ありますの？」

「分からない……どう救えばいいのか、見当もつかない」

虫のいい話だ。今まで散々彼らを放置していた自分が言える言葉ではなかった。

仲間を拒絶し、歩み寄りを見せていた彼らを突き放していたのは自分だ。

第八魔王は抹殺対象。それが軍の命令で、彼らが頼みを断っても、無理はない——

「あほか。オメェは」

ヘリオロープが呆《あき》れたように言った。

「んなの頼まれるまでもねぇ。助けるに決まってんだろ」

「……！」

「ですわね。たとえ軍の命令でも、仲間を見捨てるのはグレンデル家の流儀に反します」

「わ、私も、協力、します。ローズさんは、大切なお友達だから……‼」

「お前たち……」

「オメェはいつもみたいに命令すればいい。オレ様ぁ馬鹿だからな。どうやってあいつを助けたらいいのか見当もつかねぇ。でもオメェは違うだろ。なぁ、人類最強」

ヘリオロープは口の端を上げた。

「オレ様たちは手を貸す。だからオメェは、さっさと惚《ほ》れた女を助けてこいよ、ダチ公‼」

「……っ」

不意に瞼《まぶた》が熱くなって、ギルティアは俯《うつむ》いた。

今まで彼らを軽んじていた自分を恥じ、そして、彼らが仲間であることを誇りに思った。

「……感謝する」

「今度エール奢《おご》りな！」

ヘリオロープは、少年のように笑った。

魔族の襲来を受けて緊急対策会議を開いていた場に空間のひずみが生じた。

物言いたげなセシルや将校たちを視線で黙らせ、転移したギルティアは献策する。

「――はぁ⁉　ガルガンティアを捨てる⁉」

「そうだ。相手の数は十万。こちらはせいぜい一万といったところだろう。いくら防衛設備が整っていると言っても、物量で押し切られる。先のドルハルト高山地帯での一件で回収した、魔術封じの結界装置の件もあるしな。迂闊《うかつ》に迎え撃てば何もできずやられるぞ」

「それは、確かにそうだけど……」

あまりに大胆すぎる作戦に将校たちからも批判の声が上がった。最強の力を持つギルティアを疎む声は軍内部でも多い。だが、ギルティアの意見に一理あるのもまた事実だった。

「ガルガンティアを捨てるとして……一体どうやって魔族を迎え撃つっていうんだい？」

「新型魔導機巧人形《ゴーレム》を使う。アレを使えばある程度、魔族の数を減らせるはずだ」

「いやいや、あれはまだ試作機で、しかも十体くらいしか作ってないいんだけど……」

「そのために俺が……特務小隊がいる」

ギルティアにとって幸運だったのは、総司令官のセシルがギルティアに信頼を置いていたこと。

そして、サーシャの父であり連合軍の大幹部のグレンデル家当主がこの場にいたことだろう。

ギルティアの案は採用され、連合軍は王都近郊に布陣し、魔族を迎え撃つことになった。

作戦成功の鍵は二つ。それは――

「頼んだぞ、リネット、サーシャ……ヘリオ」

◆◇◆◇

魔族の軍勢は前線都市ガルガンティアに近づきつつあった。

魔導装甲車の上に立ちながら、第五魔王レオゼリア・バートは獰猛《どうもう》に犬歯を歪《ゆが》ませる。

「ジハハッ！　見ろよ、劣等種どもの間抜け面をよ！　恐怖に震えてやがるぜ！」

【……】

「ギルティアはいつ来るんだ？　来るなら俺が相手になってやるんだが」

「――オメェの相手はオレ様だ」

「あ？」

次の瞬間、レオゼリアの頭上に空間の穴ができた。

鋭い斬光と共に穴から落ちたのは赤髪の男――ヘリオロープだ。

鋼よりも硬い爪で受け止めたレオゼリアは怪訝《けげん》そうに眉根を寄せる。

「んだこいつ。ギルティアの野郎じゃねぇなら用はねぇぞ」

「そう言うなよ、第五魔王」

鍔迫《つばぜ》り合《あ》いを続けながら、ヘリオロープはニヤリと笑う。

「オメェは今から、オレ様が倒すんだからな！」

「⁉」

ヘリオロープはもう一本の剣を抜き、赤い炎を纏《まと》う剣を振り抜いた。

レオゼリアは不意打ちの一撃に対して咄嗟《とっさ》に飛び下がるも、胸に火傷《やけど》を負って奥歯を軋《きし》ませた。

「やってくれたな、雑魚。テメェごときが、この俺に傷をつけるなんてよぉ！」

吼《ほ》える第五魔王、突然の襲撃者に周りの魔族たちは迎撃しようと身構えるが――

「テメェらは手ぇ出すなよ！　こいつぁ俺の獲物だぁ！」

ヘリオロープの襲撃を皮切りに前線都市ガルガンティアから魔術砲撃が降り注いでいる。

十万の大軍に穴をあけるそれは、決して無視できるものではない。

【我は先に行く。余興はほどほどにしろ。第五魔王】

（……ローズ。本当に身体を乗っ取られてんだな）

自分を冷たく見るローズを複雑な気持ちで見ていると、

「そいつぁこいつ次第だな」

見る者を怯《ひる》ませる王者の視線が、ヘリオロープに注がれた。

「テメェが威勢だけじゃねぇことを祈るぜ、雑魚」

「……」

ヘリオロープの剣を握る手に力が入る。

(――こいつぁ、強ぇ。今のオレ様よりも確実に)

自分が与えた傷が既に回復しているのをヘリオロープは見逃さなかった。

単純な肉弾戦でいえば、間違いなく第五魔王レオゼリアのほうが上だ。

(それでも退《ひ》けねぇ。負けられねぇ。そうだろ……なぁ、お前ら)

決死の覚悟を固めたヘリオロープは名乗りを上げる。

「人類連合軍特務小隊『絶火』所属、ヘリオロープ・マクガフィン」

「雑魚に名乗る名はねぇ。テメェの名も覚えねぇ。舌が腐っちまうからな」

「あぁ、そうかよ」

十万の大軍が二人を避《よ》けるなか、両者は地面を蹴った。

「なら、今から刻み込んでやる。オレ様の名をなァ‼」


ヘリオロープが戦い始めた一方、サーシャは前線都市の城壁を走り回っていた。

「砲撃部隊、手を休めてはなりません！　撃って撃って撃ちまくりなさい‼」

「サーシャ嬢、これ以上撃ったら砲身がイカレてしまいます！」

「構いません！　目標は魔族の殲滅《せんめつ》ではなく誘導！　ギリギリまで引き付けて退避します！」

「で、でも、魔族たちがすぐそこまで……」

「恐ろしいなら逃げなさい。わたくしはたとえ一人になっても最後まで残りますわ！」

十万の大軍のただなかに飛び込んだ相棒は、今も戦っている。

彼が戦っているのに自分だけ逃げるような真似《まね》はできなかった。

「……っ、お嬢一人残していける訳ないじゃないですか、もうっ！」

「ええ。それでこそグレンデル家の精鋭ですわ」

微笑《ほほえ》み、サーシャは城壁の防衛装置を作動させながら耳元の通信機に手を当てる。

「リネットさん、そちらはどんな感じかしら⁉」

『が、頑張ってギルティア様と一緒に魔導機巧人形《ゴーレム》を生産中、だよ。仕様設計をどんどんアップデートして送り込んでるけど……目標の千体まで、まだかかるかも……』

「ギルティア様の応援は望めないと。いえ、分かっていたことですわ」

リネットとギルティアはグレンデル家所有の魔導機巧人形《ゴーレム》生産工場にいる。

ギルティアの持つ複製魔術を使いつつ、リネットが魔導核に術式を刻んでいるのだ。

複製魔術で作れる物体はせいぜい数時間で消えてしまうが、今はそれで十分。

転移陣から続々と送られてくる魔導機巧人形と防衛設備で、なんとか時間を稼がねば。

「ギルティア様の読み通り、第五魔王は挑発に乗って決闘を受けた……だけれど」

ガルガンティアの地面がぐらぐらと揺れる。

遥《はる》か彼方《かなた》で火花を散らす戦いの余波が、ここまで届いているのだ。

一刻も早く彼の元に駆けつけたい――それができない自分が歯がゆくて仕方がない。

「ヘリオ……どうか無事で……！」


「おらおらおら、どうしたそんなもんか⁉」

ガルガンティア近郊の大地は数分前と違って荒れ果てていた。

巨大なクレーターが生まれ、地面がひずみ、土煙が立ちこめる。

拳一つで地形を変えた化け物と、ヘリオロープは真っ向から渡り合っていた。

否、かろうじて耐えているといったほうが正しいか。

ヘリオロープの全身は血まみれで、今すぐにでも倒れてしまいそうなほどだった。

（強《つえ》ぇ……どれだけ斬っても、命に届く気配が微塵《みじん》もねぇ）

第五魔王を冠しているのは伊達《だて》ではないとヘリオロープは痛感していた。

爪と剣が激しくぶつかり合うたびに腕の傷が増える。筋肉が悲鳴を上げ、骨が軋んだ。

「ぬりい。ぬるすぎるぞ、雑魚が！」

最初の奇襲は上手《うま》くいったものの、そこからほとんど手傷を加えられていない。

頑強な肉体を持つレオゼリアに勝つには、最大火力の剣を至近距離でぶつけるしかないが――

（溜《た》めが、いる。この化け物相手に、魔力を溜める余裕なんて……！）

激しい攻防はやがて蹂躙《じゅうりん》へと形を変え、ヘリオロープは満身創痍《そうい》になっていく。

だが、何度叩《たた》き伏《ふ》せてもなお立ち上がるその姿に――レオゼリアが苛立《いらだ》ちをにじませた。

「そろそろ飽きてきたんだがな……なぜ、そこまで立ち上がる。もう俺たち魔族の勝ちは確定したようなもんだろ。そっちの都市も、俺たちが蹂躙してるぜ？」

レオゼリアの視線の先、十万から少し数を減らした魔族たちが都市へ侵入しているのが見えた。

防衛設備とて魔力には限りがある。サーシャの奮闘も虚《むな》しく、前線都市は陥落同然の状態だ。

「テメェがそこまでする必要はねぇだろ、雑魚」

「……」

もはや口を開くのも難しい。それでも、ヘリオロープを立たせるのは。

「……頼られ、たんだ」

「ぁ？」

「ずっと、憧れていた男に……頼られた。そいつぁぶっきらぼうで、オレ様のことなんざ見もしねぇムカつく奴で……それでも、一人でなんでもこなしちまう……ずっと、追い続けた、背中だ」

孤高の姿に、憧れた。憧れたから、張り合うために虚勢を張った。

「絶対に、誰にも弱みを見せなかったあいつが……初めて、オレ様たちを頼ったんだ」

胸が熱くなった。衝動が、心を突き動かした。

ならば応えなくては。

たとえどれだけ無理無茶無謀であろうと、その先に死が待っていようとも。

ヘリオロープは瞳をぎらつかせ、叫んだ。

「ダチの頼みに応えるのが、漢《おとこ》ってもんだろうがっ‼」

「……意地かよ。ダセェな」

第五魔王レオゼリアは、笑った。

「だが嫌いじゃねぇ。誇れ。雑魚の中でも、テメェはマシな雑魚だった」

「……オレ様は、まだ」

「いいや終わりだ。終わらせる」

レオゼリアは筋肉を肥大化させる。

「これが俺の全力だ。死への手向けに……受け取れや‼」

大地にクレーターを作った技が、真っ向から放たれた。

ヘリオロープは動こうとする。膝が折れた。迎撃は――間に合わない。

（くそ、ここまでか――）

耳がつんざくほどの轟音《ごうおん》が、世界を揺らした。

「な、なんだ⁉」

レオゼリアが視線を向けた先、ガルガンティアから巨大な雲が立ち上っている。

前線都市を呑《の》み込《こ》んだ魔族の群れは、八割以上が灰燼《かいじん》と化した。

「まさか――」

そう、リネットやギルティアが複製魔術で大量生産していた魔導機巧人形には自爆装置が取り付けられていたのだ。連合軍兵士の魔力が付与されたそれは、都市を呑み込む大爆発を引き起こす。

サーシャの役目は、そこまで魔族を引き付ける役と――

『今ですわ――ヘリオっ‼』

第五魔王が気を逸《そ》らす、最後のチャンスを作ること。

「オォォオオオオオオオオオオオオオオオオオオオオ‼」

「な――っ」

爆発的な速度で地面を蹴ったヘリオロープの剣が煌《きら》めく。

爪と剣が交わる。鮮血が迸《ほとばし》る。ヘリオロープの剣は敵を貫いていた。

そして――敵が死に際に放った爪も、また。

「……意地に、負けるかよ……この、俺が……」

第五魔王は、ばたりと倒れた。

後ろによろめき、倒れそうになったヘリオの身体を、柔らかい腕が受け止める。

「ヘリオ……ヘリオ‼　しっかりなさい、ヘリオ‼」

「……あぁ、サーシャか」

都市から退避して一目散に駆けつけたサーシャに、ヘリオロープは微笑んだ。

彼の胸は真っ赤に染まり、もはや大聖女であっても治癒が不可能な手傷を負っていた。

サーシャは涙を浮かべて首を横に振る。

「いや……ヘリオ……いやですわ……こんな、こと」

「なぁ、サーシャ……オレ様……よぉ」

「喋《しゃべ》らないで！　今、処置を……!!」

「最期くらい、聞けよ。っとにオメェは……」

ヘリオロープはサーシャの頬に手を当て、

「オレ様よぉ……オメェに、惚れてた」

「……っ、ヘリオ……」

「なぁ、オレ様、やったか……？　オメェのお眼鏡にかなうくらい……強く、なったかよ」

「……えぇ」

サーシャはぽろぽろと涙を流しながら頷《うなず》いた。

「あなたはわたくしの誇りですわ。ヘリオ」

「ははっ……そうか……そいつぁ、いい気分だなぁ……」

「ヘリオ……」

サーシャはゆっくりと顔を近づけ、ヘリオロープに口づける。

泣き笑いを浮かべるサーシャに、ヘリオロープは嬉《うれ》しそうに笑った。

「幸せになれよ、サーシャ」

「ぁ……」

サーシャの頬からヘリオロープの手が滑り落ち、彼は喋らなくなった。

力の抜けた男の骸を抱きながら、サーシャは大粒の涙を流す。

「あ、あぁ……っ」

何度も首を横に振る。どれだけ現実から目を逸らしても、彼の死は変えられなくて。

「う、うわぁぁ……うわぁぁあああああああああ！」

サーシャはヘリオロープの身体に縋《すが》りつき、泣き続けた。


灰燼と化したガルガンティアの中から、むくり。と一人の女が立ち上がる。

炎と硝煙が舞う中、その女はゆっくりと背後を振り向いた。

【……逝ったか、第五魔王】

生まれたばかりの魔王は仲間の死を淡々と受け入れた。

【安心せよ。我がすべてを滅ぼしてみせる】

第八魔王は殺意と憎しみの具現。

その身を突き動かすのは、人族の終焉《しゅうえん》のため。

【より多く、一人でも多く……それが我の生きる意味だ】

第八魔王は、ゆっくりと歩き出す。

王都へ。少しでも多く人族がいる場所へ――


前線都市ガルガンティアを犠牲にした大規模作戦は成功した。

およそ十万もの大軍だった魔族たちは一万まで数を減らし、ゆっくりと侵攻。

指揮能力を持たないが圧倒的戦力を誇る第八魔王を先頭に王都の鼻先に近づいていた。

「アレが……第八魔王か。本当にローズさんの身体を使ってるんだね」

王都の前に布陣するセシルは呟《つぶや》き、耳元の通信機に手を当てる。

「ギル、魔力は？」

『あと十分……いや五分だ。なんとか持ちこたえろ』

「アレを相手に五分か……まぁ、頑張ってみるけど」

ギルティアはリネットと死ぬ気で魔導機巧人形を作り続けたため、その魔力の消耗は激しく、今のギルティアでは第八魔王の相手はできない状態だった。彼の願いを考えれば、尚《なお》のこと。

「全隊、突撃!!　絶対に魔族を王都に近づけるな！」

「応っ!!」

新型魔導機巧人形を先頭に、前衛部隊が魔族の大軍へ走っていく。

まず相手にするべきは第八魔王だ。一番槍《いちばんやり》を務めるは一級魔術師ファラン・グレンデル。

「ローズ様……お胸をお借りしますっ！」

第八魔王を引き付ける役目を負ったファランの意気込みに――
【汝《なんじ》は我が相手にあらず】
第八魔王はふわりと浮き上がり、連合軍を無視して王都の上空へ。
ファランやセシルの制止する声、空撃部隊の砲火が地上から空へ放たれる。
そのすべてを無視して、第八魔王は王都の結界を割って侵入した。
【……】
王都の住民たちは既に大聖堂や王宮、あるいは近くの教会に避難している。
人っ子一人いない街並みを見て第八魔王は眉根を寄せ――
【生命反応を検知】
魔力を広げた感知網に従い、黒い光を宿した右手を明後日《あさって》の方向に向ける。
【破壊を遂行する】
「――だめぇぇぇぇぇ！」
そうなる前に、彼女の身体に突撃する小柄な影があった。
光は空に放たれ、雲を穿《うが》つ。第八魔王はおのれの胸に飛びついた女に目を向ける。
【貴様……】
「ローズさん、ダメ！　そんなことしたら、絶対にダメだから！」
そばかす顔の少女――リネット・クウェンサは、蒼白《あおじろ》い顔で叫んだ。

今にも震えそうな顔で、強い意志を瞳に宿し、第八魔王に縋りついている。

【邪魔だ。死ね】

「は、放さない。死んでなんかやらない……！」

リネットはガクガクと身体を震わせていた。

こうして肉薄するとよく分かる。自分では到底かなわない第八魔王の恐るべき魔力。

彼女が少しでもその気になれば自分は消し炭になるだろう。

（怖い。いやだ。無理だよ。なんで、怖い、怖い、怖い。死ぬのは嫌。怖い、怖い……！）

今すぐ逃げ出したい。戦場なんて自分には似合ってないのだ。

自分はただの臆病者で、工房にこもって魔道具と睨《にら》めっこしているのがお似合いのダメ人間だ。

魔族を前にしたら魔術なんて使えなくなるし、いつだって仲間の後ろに隠れてきた。

あぁ、それでも。

『リネット様は、心が強い方です』

『あなたには勇気がある。わたしはそれを知っています。それで……十分なのです』

彼女がそう言ってくれたから。

絶対の信頼を宿す瞳に、救われたから。

大好きなお友達を助けるためなら、怖いなんて言ってられない！

「ローズさん、戻って」

【……】

「いつものローズさんに戻ってよ。それでね、二人で推し活しよ？　ね？　ギルティア様や、サーシャさんや、ヘリオくんと一緒にさ、馬鹿なことで笑い合って……一緒に過ごそう？」

【死ね】

「戻ってきてよ——ローズさん!!」

泣き笑いを浮かべるリネットに、第八魔王は腕を振り上げ、

【……なに？】

しかし、その腕は空中で止まっていた。

どれだけ動かそうとしても動けず、第八魔王は顔を歪める。

【おのれ……死にかけの残滓《ざんし》が、まだ我に抗《あらが》うか！　貴様の抵抗など、我には無意味——】

「いいや、無意味ではない」

第八魔王の手を後ろから摑《つか》む手があった。

全快に魔力を回復させた人類の英雄は魔王を睨みつける。

「俺の女を返してもらおう」

【貴様……!!】

「さっさと戻って来い——ローズッ!!」

第八魔王の目が見開かれ、そして――

◆◇◆◇

記憶の海を、漂っていました。

生まれてから人形のように生き、特務小隊に出逢《であ》い。

リネット様に『推し』という概念を教わり、そして、わたしの人生の光に出逢ったこと。

悲しいことや苦しいこと、怖いこと、耐えきれない怒りの奔流がわたしを呑み込んでいます。

リネット様の声が聞こえて、わたしの意識は目覚めました。

第八魔王がリネット様に手を挙げたとき、どうにか止めたけれど。それだけで。

あわやリネット様に手をかけてしまう――そのときに、また声がしました。

『――ローズッ!!』

意識が急速に力を取り戻します。身体中から元気が出て身体の支配権を取り戻せました。

第八魔王が何やら叫んでいますが、そんなの知ったこっちゃないです。

推しに呼ばれたら答える。それが、ファンというものでしょう。

【ギル、様……?】

パチリ、と目を瞬《まばた》くと、ギル様に抱きしめられていました。

「馬鹿者。戻るのが遅い」

「申し訳ありません……」

切なげな声に、わたしの胸はぎゅっと締め付けられました。

「ローズさん」

【リネット様】

尊敬するお二人の目を見てわたしは悟りました。

【すべて、聞いてしまったようですね】

「あぁ、聞いた。君の生い立ちも、想《おも》いも、だから、俺は――」

【ならばもう、迷うことはありません】

わたしはギル様の手を振り払い、後ろに下がりました。

胸に手を当てて、心残りがないように微笑みます。

【あなたが目の前にしているのは培養槽で育てられた初代聖女の残骸でしかありません。人類のために造られた命であり、人類の役に立つためなら潔く死ぬ――そう宿命づけられた存在なんです。人間ですらないお人形――だからギル様、どうかわたしを、殺してください】

ギル様のおかげで身体の支配権を取り戻せましたが、わたしの中の第八魔王はだんだんと強くなっています。わたしの記憶を、知識を喰《く》らい、自分の力の使い方を学習したのです。

それだけじゃない。わたしの怒りを、悲しみを喰らい、人類にぶつけようとしています。

怒れ、憎め。奴らを殺せ――殺意と憎しみの具現を成長させるのは、わたしの感情です。

「これが君の計画なのか。太陽教会を悪者にし、奴らに復讐《ふくしゅう》することが――!!」

【Si. もちろんですよ。幻滅しました?】

わたしは笑います。

ちゃんと笑えて――いるでしょうか?

【だってあいつらはわたしたちを大量に消費しました。人類存続のためという大義のもと、勝手に生んで勝手に期待し勝手に殺し続けた。ねぇ、ギル様。なぜわたしたちがこんな目に遭わないといけないんですか? なぜわたしだけ自我が芽生えてしまったんですか? なぜわたしは――】

あなたを、好きになってしまったんですか?

【お願いですから殺してください。あなたの手で死にたいんです】

わたしが第八魔王にならなければアミュレリアが依《よ》り代《しろ》となり、ギル様は死んでいました。

ならば残り少ないこの命、ギル様の家族を守り、ギル様のために死にましょう。

わたしが死んで、ギル様が死ぬ未来を消滅させる。それでいいじゃないですか。

あなたを救えて死ねたなら、この命に意味を見出《みいだ》せるから。

ずっと道具として使われ続けた人形が、儚《はかな》い夢を抱いて死ねるから。

でも、やっぱりギル様はギル様でした。

傲岸不遜、万夫不当、この男はわたし以上に我慢を知りません。

「断る」

むすっと、仏頂面で彼はそう言いました。

「俺は絶対に君を殺さない」

あぁ、やっぱり。


「必ず君を――救ってみせる‼」


やっぱりこの人は、こう言ってしまうんですね。

『一度目』のときのように、彼はわたしを見捨てないのでしょう。

わたしの痛みを理解し、共感し、抱きしめてくれるのでしょう。

わたしの中で、ふつふつと怒りが湧いてきました。

だってそうでしょう？

彼は英雄です。英雄は、人を助けるものです。

きっとギル様は、わたしじゃなくても助けてしまうんですから。

【どうしてもわたしを殺さないんですか？】

「あぁ、殺さない」

【ギル様が殺さないなら、わたしは王都を滅ぼしますよ】

「させない。君を本物の魔王になどさせてたまるか」

プチッと来ました。

寛容なわたしの堪忍袋の緒も切れるってなもんですよ。

【この分からず屋っ！　なんでわたしを殺さないんですか！】

「それはこっちの台詞《せりふ》だ。いつもいつも勝手に突っ走りやがって。俺がどれだけ君の尻ぬぐいに奔走したと思ってる！」

【全部必要だからですよ！　あなたを助けるために！　あなたを助けたくてやったことです！】

「馬鹿者。君が死んで俺が助かるだと？　そんなもの、受け入れられるか！」

【なんでですか⁉　わたしはあなたの大嫌いな聖女で！　あなたが迷惑がってる部下ですよ⁉　代わりなんていくらでもいるでしょう⁉】

「君の代わりなど、どこにもいない‼」

【いっぱいいますよ！　わたしはわたしじゃない、初代聖女の成れの果てだから！　わたしの細胞を培養したたくさんのわたしが――‼】

「あぁ、分かってる。それでも！」

ギル様は一歩進み出ました。

そしてわたしの顔を見つめて、彼は言います。

「俺が愛したローズは、君一人だけだ」

……………………え？

……………………。

ギル様は一歩、前に出ます。

「俺はずっと、一人だった」

わたしは後ずさりました。

「天才だ神童だと持ち上げられ、誰も俺に近づこうとはしなかった。それでいいと思った。俺に近づいた者たちはみんな死んでいく。誰も俺についてこられない。仲間など必要ないと思っていた」

【……やめて】

「でも」

ギル様の優しい瞳がわたしを捉えました。

「君が、全部変えてくれた。孤独に逃げていた俺を引っ張り上げ、才能を腐らせていた特務小隊の者たちを焚《た》きつけた。いつだって皆の中心にいる君が、ひどく眩《まぶ》しくて、悪しざまに振る舞って暴走する君を放っておけなくて……いつの間にか、目で追うようになっていた」

わたしがどれだけ後ずさっても、ギル様との距離は離れません。

一歩、また一歩と近づいて、ギル様は言うのです。

「この気持ちから、ずっと逃げていた。俺の大切なものは、すぐに居なくなる。君もそうなってほしくなかった。でも、もう逃げない。逃げずに、言うことにする」

ギル様はわたしの頬に手を当てて、言いました。

「ローズ。俺は君を愛している」

【……っ】

ダメ、そんなのダメですよ。

もうすぐ死ぬ命なのに。生きる希望なんて見せないでください。

あなたを助けるために悪役として死ぬ。

そうなるために、ここまで成り果てたのに。

【わたしは……魔王にならなくても、どうせ長く生きていけません】

「そうだな」

【造られた命として死ぬより、あなたの心に残って死にたかった】

「もう残ってるさ。君は消そうとしても消えてくれないから」

ギル様はふっと目元を和らげ、わたしの頬をさすりました。

「ローズ。君の本音を聞かせてくれ」

【わた、しの……?】

「ホムンクルスがどうだとか、魔王がどうだとかじゃない。君の望みを、聞かせてくれ」

そしてギル様は、言うのです。

「俺はそれを――全力で叶《かな》えてみせる!!」

心が、決壊します。

ずっと抑えてきた気持ちがあふれ出し、推しとファンの垣根を越えて心が暴れました。

わたしが、どうしたいのかって？

そんなの本当はずっと前から決まっていました。

わたしは。わたしは。わたしは——‼


【あなたと、生きたい】


もう止まりません。堰《せ》き止《と》めていた想いが濁流となって押し寄せます。

推しとかファンとかどうでもいい。一人の女として、この気持ちを抑えられません。

【わたしは、あなたと生きたいっ！】

視界がぼやけて、顔が涙でぐちゃぐちゃになってしまいます。

あぁ、なんて顔をしてるんでしょう。こんな顔、見られたくないのに。

でもやっぱり、止まりません。止めようとしたって無理ですよ。

この胸から、心から、魂から。

ギル様のことが好きで好きでたまらないって気持ちがあふれてきます。

【造られた命でも長く生きていたい。あなたの傍《そば》であなたを支えていきたい。もっとお友達とお喋《しゃべ》りしたい。もっと色んなところに行ってみたい。あなたと、死ぬまでずっと一緒に居たい!! だって、わたしはとっくの昔から――あなたが大好きだから!!】

「分かった」

ギル様は頷いてくれました。

「その望み、叶えてやる」

その瞬間でした。

『ふざけるな』

わたしの中の憎しみが、怒りが、悲しみが。

第八魔王という形を伴い、肉体の支配権を奪い取ろうと大きくなりました。

身体から黒い煙があふれ出します。生えてきた尻尾が威嚇するように地面を叩きました。

『許さない。許さない。許してなるものか。貴様は奴らに何をされた? 人類に何をされた? 思い出せ! 裏切られた記憶を、罪なきおのれを傷つけた者たちの醜悪な笑みを！』

心を犯し、魂を侵食する、第八魔王の叫び。

あぁそれは紛れもなく、わたしの気持ちそのものでした。

わたしの記憶を喰らった魔王は間違いなくわたしの代弁者で、わたしの怒りそのもので。

【もう、いいんです】

それでも、こんな怒りを抱えるよりも。

【確かにわたしはあいつらが許せない。彼らの顔は生涯忘れることはないでしょう】
『ならば！』
【でもそんなことより、わたしは今を生きていきたい】
わたしは両手を広げて推しを迎えます。
心を犯していた怒りと悲しみを、推しへの愛が塗りつぶしていきます。
【復讐よりも、今、この瞬間、ギル様と一緒にいる時間が――何より大事だから‼】
『貴様……！』
【だから、わたしを助けてください――ギル様】
『貴様の肉体は既に我がものだ！　助かる道理などありはしない！』
ええ、分かっていますよ。
そんな都合のいい方法なんて、ある訳ないって。
わたしの身体は既に魔王のもので、魂は魔族に変質しつつあります。
でもだからどうしたってんですか？
確かにローズ・スノウはホムンクルスで。
初代聖女の細胞を培養したに過ぎない人間の成り損ないですけど。
推しに対する想いだけは、誰にも負けません。
第八魔王が魔族の怒りと憎しみによって生まれた存在だというなら。

それ以上の、推しへの愛で塗りつぶしてあげましょう。
わたしはもう、我慢しないって決めたんですから!!
「よく言った」
推しはわたしを抱きしめて、
「あとは任せろ」
次の瞬間、わたしの口が熱いものに塞がれていました。
目の前にギル様の綺麗《きれい》な瞳が見えます。
見え、ます?
え。待って。ちょっと待って。
わたし、ギル様に口づけされていますっ!?
【〜〜〜〜〜〜っ！】
仰天したわたしが思わずギル様を突き飛ばそうとします。
だって、大好きなギル様の唇が触れて、
うわ、舌が、え、嘘《うそ》、ここまでやるのですか!?
『こんな、ふざけた、終わり……我は、認めぬぞぉぉぉおおおおお！』
わたしはハッ、と我に返りました。
ようやくギル様の意図に気づいたのです。

──第八魔王の意志が、消えていく──
わたしの中にギル様の魔力が入り込み、魔王の思念を侵食してるのでしょう。
第八魔王の意志が強すぎたのが幸いしたのか、区別はつきやすいはずです。
わたしの聖女の部分だけを残して、魔王がやられていきます。
……………いや、それはいいんですけど。
この口づけ、いつまで続けるつもりですか⁉
さっきからずっと、ギル様の瞳が目の前にあって落ち着かないのですけど！
しかもわたしと目が合ったことが分かると、ギル様が柔らかく目を細めるのですけど！
はぁぁ〜〜〜〜〜〜〜〜なにそれ、好き！
わたしを離すまいと背中を抱きしめて口づけを続けるとか熱烈すぎて死ねますぅぅ！
『なぜだ……貴様は、なぜ……』
あぁ、怒りと憎しみしか知らない哀れな第八魔王よ。
わたしの記憶を喰らったのに、お前はこの想いの尊さを知らないのですね。
これは一種の病気のようなもので、全然消えてくれないのですよ？
恋は人を盲目にさせると言いますけど。
いつだって人間は、愛の力ですべてを解決してきたのですから！
「貴様は邪魔だ」

ギル様はようやく唇を離して、叫びました。

「俺の女の中から、消えろ、魔王っ!!」

『ぎぃやあぁぁぁああああああああああああああああ!!』

わたしの身体から黒い煙が噴出して、角や尻尾やらが消えていきます。

わたしの中にいる第八魔王が消えていくのが分かりました。

……こんな倒し方があるなんて、思いもしませんでした。

「やっと――捕まえたぞ、ローズ」

ぱふ、と。気づけばギル様の胸に抱きしめられていました。

「もう君にだけ背負わせない。君が背負うものは、俺も背負う」

「……はい」

わたしはギル様の胸に頭を預けました。

こうして触れていると、本当にどうしようもない愛おしさがこみ上げてきます。

人間はよくもこんな心を制御しているものですよ、まったく。

「お慕いしています、ギル様」

「あぁ、俺もだ。ローズ」

そうしてわたしたちは再び顔を近づけて。

ぽとり、と。わたしの小指が落ちました。

「あ」

落ちた小指は光の粒になって消えていきます。

……あぁ、そうですか、もう。

ギル様は愕然《がくぜん》として目を見開きました。

「そんな……なぜだ。魔王は、確かに！」

「はい。ギル様のおかげで魔王は倒しました」

でも、それ以前にわたしは消耗していましたから、活動限界を遥かに超えて生きた特異個体と言えど、ここが限界でしょう。神聖術の使いすぎに魔王化まで。むしろ今、生きてることが奇跡と言えます。

「……っ、嫌だ。嫌だ嫌だ。俺は、もっと君と……！」

子供のように駄々をこねるギル様。彼らしくないそんな姿も、わたしを思ってこそだと思えば嬉しいです。わたしだって、本当はもっとこの人と生きていたい。

その想いを確かめたばかりなのに、現実は残酷なものです。

……とはいえ、まだ少しだけ時間が残されていました。

「ねぇギル様」

わたしは口元に笑みを浮かべてギル様を見ます。

「最期に、デートしませんか？」

◆◇◆◇

第八魔王の流星群で崩壊した王都の街並みを、わたしは歩いていました。

憲兵隊による避難誘導が済んでいるのか、今は人っ子一人居ません。

第八魔王が結界を割るところは見えたはずですから、避難所に隠れているのでしょう。

まぁ好都合です。本当に最期の、推しとの時間を楽しみましょうか。

「あ、ギル様ギル様。見てください、あの店、前に一緒にご飯食べたお店では？」

「あぁ。そうだな」

「焼けてしまいましたね。いいお店だったのに申し訳ないことをしました」

「……本当はあまり気にしてないだろう？」

「バレました？　わたし、物が壊れても何も思わないんですよ。だって直せばいいじゃないですか」

「開き直るな、馬鹿者。金だってかかるんだぞ」

「人間って不思議ですよね。お金なんてただの金属なのに」

二人で一緒に歩いていると、ギル様が手を繋《つな》いできました。

こっそり顔色を窺《うかが》えば、耳が真っ赤になったギル様がいます。

ふふ。こういう初心《うぶ》なところ、本当に……大好き。

——右手の指が半分になりました。

わたしたちは歩き続けます。

「そういえばギル様、わたし、ちゃんと人間の振りできてました？」

「……まぁ、ところどころおかしかったな」

「えぇ～？　どこがですか？　わたし、ちゃんと女の子でしたよ」

「普通の女は推しの悪口を言われたからと言って剣を振り上げないものだ」

「いやいや、それはするでしょう」

「しないだろう」

「ノン。普通にしますよ。リネット様に聞いてみてくださいよ」

「しない……よな？」

わたしの右手が全部消えました。

ギル様はわたしを繋《つな》ぎ止《と》めようとするかのように、左手を強く握ります。

「ギル様。あそこで食べたケーキ美味《おい》しかったですよね」

「そうだな。あのとき、好きなだけ頼んでいいと言ったら君は棚のやつ全種類頼んで……」

「ドレスや宝石なんかをもらうより、食べ物のほうが好きです。お腹《なか》が膨れます」

「なら、俺があげた物は余計だったか？」

「まさか。ギル様がくれたものはすべて宝物です」

「ドレスや宝石には興味ないのでは？」

「好きな人にプレゼントされたら喜ぶでしょう。わたしだって女の子なんですよ」

「それは知ってる」

「ふふ。それはよか——あ」

右足の指が全部消えて、つんのめってしまいます。

どうしましょう。これじゃあ歩けません。

幸いギル様が支えてくれたので倒れはしませんでしたけど。

ん？　なんか背中が濡れました。雨は降ってないようですけど。

「ギル様、どうしました？」

「…………いや、なんでもない。俺がおぶろう」

「そうですか？」

それはすごく嬉しいですね。

ちょっぴり恥ずかしいですが、むしろ見せ付けてあげましょうか。

まぁ、見せ付ける相手が周りにいないんですけど。リネット様はどこへ行ったんでしょう？

「ギル様、わたし重くないですか？」

「重いな」

「重いですか」

「俺のために魔王になるくらいだ。重くないはずがない」

「愛の重さの話じゃありませんよ？」

そりゃあ推しのための愛なら誰にも負けませんけど。

こうして背中で喋っていると、ギル様に密着できて良い感じです。

「でもできれば、最期まで手は繋いでいたかったですね……」

「なら繋げばいい。ほら」

心の声が出ちゃってましたか。

ギル様の左手がわたしの手に置かれたので、わたしは喜んで手を繋ぎます。

おんぶもいいですけど、やっぱり手を繋ぐのは良《い》いですね。

なんだか気持ちが伝わってくるような感じがします。

一歩、また一歩と、ギル様と歩いていきます。

「ねぇギル様、どこに行きましょうか」

「どこへでも行けるさ。これから、いつでも」

「そうですねぇ。なら、次は飛竜の生息地に行ってみたいですね」

「なんであんなところに……あいつらはただの火を噴く蜥蜴《とかげ》だぞ」

「水面に空が映ってキラキラしてるらしいじゃないですか。観光ですよ」

「君は風景が好きなのか？」

「好きですね。戦争や自分のことを忘れられるので」

両足の太ももから先が落ちて光の粒になりました。

ギル様は前かがみになってお尻を持ち上げてくれます。

「そうか。なら、弁当を作ってくれるか」

「Si. 一緒にランチデートですね。楽しみです」

「飛竜の巣で食べるランチか……騒がしそうだ」

「特務小隊のみんなも一緒に連れていきましょうよ。賑《にぎ》やかで楽しいですよ」

「それもいいが、また今度な」

「なんでですか？」

ギル様は一瞬だけためらい、

「初めては君と二人がいい」

「……もう、そんなに嬉しいこと言わないでくださいよ」

お顔が真っ赤になってますよ？

そんなこと言われたら、また生きたくなっちゃうじゃないですか。

「ケーキももっと食べたいですね。もう一度、そこからそこまでって頼みたいです」

「また君は……病気になるぞ」

「病気になっても生きてるからいいじゃないですか」

「俺が困る」

「ふふ。好きな人が困ってくれると、もっと困らせたくなりますね」

「迷惑な価値観だな……」

「お嫌いですか？」

「いいや」

ギル様は立ち止まってしまいました。

「君が生きていてくれるなら、いくらでも迷惑をかけられてやる」

「……そうですか。ふふ。迷惑、かけたかったですねぇ」

「今からでも間に合うさ」

「そうでしょうか？」

もう、手の感覚がなくなってきました。

ずるりとギル様の背中を滑り落ちて、慌てたギル様がわたしを抱っこします。

これはお姫様抱っこというやつですね。

前にもやってもらいましたが、なかなかに破廉恥です。

……でも、嬉しい。

「ギル様？」

「……なんだ」

「泣いてるんですか？」

「泣いてない」

「そうですか？」

目から零《こぼ》れてるのは汗でしょうか？

意地っ張りなギル様は顔をくしゃくしゃにして首を振ります。

「断じて……泣いてなど……」

「……」

「……」

ぎゅっと、強く抱きしめられました。

「あぁ、クソ。無理だ、なんで君ばかり、こんな目に……！」

「ふふ。そう悪い人生でもなかったですよ？」

まぁ、わたしを人と定義するならの話ですけどね。

『一度目』のときは確かに悲惨でしたが、ギル様に出逢えました。

『二度目』のときはたくさん楽しいことをしてギル様に抱きしめてもらえました。

「ギル様の腕に抱かれて死ねるなら……悔いはありませんとも」

「いやだ……」

「ギル様？」

「死ぬな。死んでくれるな、ローズ……！」

「それは、無理な相談ですよ」

わたしは左手を伸ばしてギル様の頬に触れました。

あら？

なんだか、目の前がよく見えません……。

ギル様のお顔が薄ぼんやりとした靄《もや》に包まれています。

「ギル様、そこにいますか？」

「あぁ。いる。ここにいるぞ」

もう、何も分からなくなってきました。

ぽた、ぽたと、何かが頬に落ちているような気がします。

「やめろ……逝くな。頼むから、ローズ……！」

ギル様の声が聞こえます。

この声だけは、最期まで聞いていたいですねぇ。

「俺を、一人にしないでくれ……」

弱々しい声が聞こえて、わたしは薄く微笑みました。

あぁそうです、『二度目』は間違えませんでしたから。

「大、丈夫……」

わたしはちゃんと笑えているでしょうか。

ギル様を、ちゃんと安心させてあげられているでしょうか。

でも。どうか、これだけは。

わたしが居なくなった後も、ギル様は生きていかないといけないから。

ちょっとだけ、悔しいですけど。

本当は、わたしがずっと傍に居たかったですけど。

「ギル様は……もう……一人じゃ……ありません……」

「…………っ」

「リネット、様や……サーシャも……ヘリオも……セシルも……」

みんな、ギル様を心配してくれる気のいい人たちです。

実はわたし、ギル様とヘリオが喧嘩《けんか》するのを見るのが、ちょっと好きだったんですよ。

「ギル様……わたしが。死んだあとも……生きてくれますか？」

「俺は……」

ギル様がわたしの手を強く、強く握ってくれたような気がします。

もう感覚もありませんけど、ほんわかとした温《ぬく》もりに包まれてる気がするのです。

「…………それが、君の望みなら」

「ふふ……よかったぁ……」

あぁ、ようやくやり遂げましたよ。

『一度目』からやり直したわたしはついに、ギル様を救えたのです。

きっと、もう大丈夫……。

ギル様ならわたしの死を上手く使って、太陽教会を滅ぼしてくれるはず。

「ギル様……？」

「なんだ」

「愛しています」

白い靄の向こうで、ギル様はくしゃりと顔を歪めました。

真っ赤に耳を赤くして、俯いて、そして口を開きます。

「あぁ、俺もだ」

「……いま、照れましたか……？」

「あぁ。照れた。照れずにいられるか」

「ギル様、可愛《かわい》い……」

わたしは胸の中がいっぱいになりました。

「これで、安心して、逝けます……」

「……っ」

「ギル様……」

この胸の気持ちをあなたに分けてあげたいです。

すごく心地よくて……ずっと、浸っていたくなるような気持ちを。

あぁ、もう何も見えません。

自分と世界の感覚が曖昧になって、溶けていきます。

「やめろ……逝くな、逝くなぁ……！」

そんな顔、しないで。

最期は笑って見送ってほしいのに。

「ギル様……」

ギル様の腕に抱かれ、ギル様に見つめられて、わたしは最期に笑いました。

「ギル様……わたしを愛してくれて、ありがとう」

「あなたと居られて、幸せでした」

「わたしは、ギル様が……大好き、です」

白い光の中に、溶けていきます。

わたしの意識が全部消えて、ぐちゃぐちゃになって。

そして、わたし、は……。

◆◇◆◇

光が、零れていく。

確かに握っていたはずの手が消えて、光の粒が天に昇っていく。

愛する女の残滓にどれだけ手を伸ばしても、ローズは戻ってくれなくて。

からりと、無機質なホムンクルスの核だけがその場に残った。

「ぁあ……あぁ……っ」

もっと早く、彼女の真実に気づいていれば。

もっと早く、あのとき、違う選択をしていれば。

ギルティアを襲う、激しい後悔と自己嫌悪。過去の自分を殴りつけてやりたくなった。

項垂《うなだ》れたギルティアは、ふと、腰の短剣に目を留める。

「……今、俺が死ねば、ローズに……」

（あいつに、会えるだろうか）

そっと短剣を伸ばしたギルティアは、しかし、唇をきつく嚙《か》みしめた。

――あぁ、こういう気持ちだったのか。

ずっと大嫌いだった『嘘つき王子と精霊姫』という小説。

愛する女の死に耐えきれず後を追った王子の想いが、今なら分かる。

巨大な悲しみと喪失感は、並の神経で耐えられるようなものではなかった。

「ローズ。俺も、すぐに……」

『ギル様……わたしが。死んだあとも……生きてくれますか？』

ローズの声が、頭に響いた。

短剣に伸ばしかけた手を、ギルティアはきつく握りしめる。

「……そう、だな。約束。したもんな、ローズ」

ギルティアは無理やり笑みを浮かべ、立ち上がる。

第八魔王の死亡により王都近郊で軍を広げていた魔族は敗走を始めていた。

『ギル、本当によくやってくれた!!　君は人類の英雄だ！』

「……あぁ」

心のこもらない言葉に、セシルは通信機越しに声を落とした。

『……君の気持ちは痛いほど分かる。だけど人類のためだ。勝《か》ち鬨《どき》を、あげてくれ。この戦争の立て役者である君が勝ち鬨をあげてくれれば、人類は再び立ち直れる……彼女の想いに報いるためにも』

正直に言えば、ローズを犠牲にした人類が存続しても今の自分には何の意味もない。

ローズと人類を選べというなら、ギルティアは間違いなくローズを選ぶだろう。

あぁ、それでも。

「君の死を、無駄にはさせない」

悠長にしていれば太陽教会が何らかの策を講じてしまうかもしれない。

避難所から出てきた住民たちの不安げな顔を見て、ここしかないとギルティアは思った。

(俺が英雄となることで君が報われるなら……)

ギルティアは血の涙を流しながら、天に拳を突き上げた。

「魔王ローズ・スノウは、このギルティア・ハークレイが討ち取った！」

「「「……っ」」」

沈黙は一瞬、顔を見合わせた民衆は、沸いた。

「「「オォォオオオオオオオオオオ!!」」」

生還の喜びはやがて怒りへと変わる。この事態を招いた太陽教会に矛先が向いた。

狂騒に酔う民衆は止まらない。教会から引きずり出した神官を袋叩《ふくろだた》きにし、王都から逃げようとしていた大教皇は磔《はりつけ》にされた。太陽教会は、今度こそ終わりを迎えたのだ。

時計塔の上から、ギルティアはその光景を眺めていた。

「……これで、いいんだよな。ローズ」

風がマントをはためかせ、ギルティアの肌を優しく撫《な》でていく。

――Si.　さすがはギル様です。

ローズが言いそうな言葉が聞こえて、残された男は一人、涙を流した――

？？？　そして運命は分岐する。


「――いいえ、よくないです」

決然とした言葉が聞こえて、ギルティアは振り向いた。

聞き慣れているはずなのに、その声は別人のように堂々としている。

「リネット……？」

そばかす顔の少女は、泣き腫らした目でこちらを見ている。

「私は、こんな終わり方いやです。絶対に、いやです!!」

「……気持ちは、分かるさ。俺とて、あいつを取り戻せるならどれだけいいか……」

「あなたはまだ、間に合いますわ」

「……なに？」

リネットの後ろからサーシャが現れた。

こちらもやはり、赤く瞼《まぶた》を腫れ上がらせている。

ギルティアはいつも彼女の傍《そば》にいる男を目で捜した。

「サーシャ……ヘリオロープは？　あいつはどこにいる」

縦ロールの少女は肘を抱いて唇を噛《か》みしめた。

「ヘリオは……第五魔王と、相討ちに」

「………………そう、か」

ヘリオロープとは決して仲が良《い》いと言える間柄ではなかったが、どれだけ負けても噛み付いてくるヘリオロープを嫌いだと思ったことは一度もない。もうあのやかましい声が聞けなくなってしまったのだと思うと、妙に寂しくなってしまう。

「……あいつも、逝ってしまったか」

「ええ、ヘリオは死にました。でも、ローズは、あの子は、まだ取り戻せる」

「……先ほど言っていたな。しかし、あいつはもう……」

「ローズさんは、ここに居ます！」

リネットがおもむろに取り出したのは、ローズ亡き後に転がったホムンクルスの核だ。ローズの遺志を果たしたギルティアが、ずっと捜していたもの――

「リネット、サーシャ」

ギルティアはくしゃりと顔を歪《ゆが》めて言った。

「もういいんだ。元気づけようとしてくれるなら、やめてくれ。余計に……つらくなる」

「いいえ、いいえ!!　あなたはまだ、間に合うんです！　話を聞いてください！」

サーシャが前に出て言った。

「リネットさんはユースティアが来訪した日、ローズの真実を知りました。彼女の話を聞いて、わたくしたちはずっと調べていたんです。ホムンクルスの仕組みと、聖女の秘密を！」

リネットは大事そうにローズの核を差し出した。

「ローズさんは、ここに居ます。あの人の記憶はまだ、消えちゃいない」

真剣に訴える仲間二人の言葉に、ギルティアの心が揺らいだ。

悲しみに暮れていた心に灯がともる。希望という光が、彼を立ち上がらせる。

「本当に……あいつを、助けられるのか？」

「それは、私たち次第です。まだまだ乗り越えないといけない壁はいっぱいあるけど」

「不可能を可能にするのが、わたくしたち特務小隊ですわ」

生き残った二人の仲間は、最後の一人に手を差し伸べる。

「ギルティア様、あなたの大切な人を取り戻してください。……ううん。違うな」

初めて出会ったころの、小動物めいた怯《おび》えは微塵《みじん》もなく。

リネット・クウェンサは微笑《ほほえ》むのだ。

「私たちの大好きな親友を、一緒に取り戻しましょう！　今度はみんなで！」

「ええ、そうですわ」

風になびく縦ロールを押さえながら、サーシャは口の端を緩めた。

「あなたは『死神』ギルティア・ハークレイでしょう？」

死神とは命を狩る者であり、死を司《つかさど》る者。

未《ま》だ完全に死の向こうに行っていないローズを取り戻せるのは、自分だけだと。

「何よりも、あなたはヘリオが認めたライバルです。あの子なら、こう言うはずですわ」

サーシャは瞳に涙をにじませながら声真似《まね》する。

「『よぉギルティア、惚《ほ》れた女の一人や二人、救ってみせるのが男ってもんだろうがっ‼』とね」

「ふ、はは」

ギルティアは思わず笑みをこぼした。

「……あぁ。いかにも、あいつが言いそうな言葉だな。くくっ……」

つられてリネットが笑い、むくれたサーシャも笑った。

胸の奥底から無限の力があふれてきたギルティアは仲間二人を見据える。

「分かった、お前たちを信じる」

「……ギルティア様」

「俺とて、取り戻せるなら取り戻したい。力を貸してくれ」

「はいっ！」

「当たり前ですわ！」

どれだけの困難が立ちはだかろうと、諦めない。

ヘリオロープの信念を受け継ぎ、特務小隊は動き出す。

それは長きにわたる、戦いの始まりでもあった。

「くそ‼　どうして上手《うま》くいかないんだ‼」

書きなぐった書類が散乱する執務机を、ギルティアは殴りつけた。

「肉体の培養方法は確立した。あとは魔導核を中心に実行に移すだけ……だが‼」

その方法が、まったく分からない。

魔導核に記憶が保存されているということは確証されている。

生きた聖女の肉体から核を別の肉体に移した場合のおぞましい実験記録が見つかったからだ。

魔導核を移された聖女は移す前の記憶を保持していたという。

しかし——既に死んだ女の記憶を呼び起こす方法が、どうしても分からない。

「ギルティア様、少し休んでくださいませ。疲れていたら思いつくものも思いつきませんわ」

「それは分かっている。分かっているが……」

ギルティアは苛立《いらだ》ちをサーシャにぶつけそうになって、かろうじて堪えた。

サーシャとて王都の立て直しとグレンデル家の仕事で忙しいのに、こうして合間を縫って協力してくれている。リネットも寝る間を惜しんでホムンクルスの研究をしているくらいだ。

「……少し、一人にしてくれ」

心配そうなリネットたちの視線を受けて、ギルティアはローズの部屋に赴いた。

物を持つ習慣がなかったローズの部屋は殺風景で、棚には写真が飾られている。

ギルティアの仏頂面や、特務小隊たちとの食事風景、王都で撮った二人の写真――その写真だけが、彼女が現実にいた証明になる唯一のもので。

「ローズ。早くお前に……ん？」

ギルティアは棚の下に隠されていた四角い箱に目を留めた。

小さな四角い箱の中心には起動用の魔石がはめ込まれており、壊れてはいないように見える。

「これは……」

ローズが初めて特務小隊にやってきた、あのときに見つけたものだ。

ギルティアの魔力を宿した、壊れた録音装置《レコーダー》をローズは大事に保管していたらしい。

あのとき、ギルティアはおざなりに捨てておけと言ったが――

（改めて見ると、おかしい。俺の魔力が多すぎる。いやそもそも……防護魔術がかかっている？）

まるで絶対に壊れないものを守っているような魔術式に、ギルティアは違和感を抱いた。

おもむろにスイッチを押すと、録音装置が光を放つ。そして――

『ザザ……これを聞けるということは、世界座標が重なったということだな、五十年前の俺よ』

「⁉」

それは紛れもない、ギルティア・ハークレイの声だった。

『賭けだったよ。俺のことだ。過去に飛ばしたはいいが、捨てる可能性のほうが高かった』

『だが、賭けには勝った。よく聞け、俺。今からお前に――ローズを救う術を託す』

そして運命は、分岐する。

エピローグ

暗闇。真っ暗な闇の中を、わたしは漂っていました。
世界にぽつんと意識が漂って、徐々にわたしがわたしじゃなくなる感覚。
わたしを構成する分子が分解され、世界に溶けていきます。
リネット様の困り顔が、サーシャの怒った顔が、喧嘩早《けんかばや》いヘリオロープの顔が。
ガラスのように砕けて、光の粒に変わっていきます。
そして、大好きなあの人の記憶も……。
——ダメ。
それだけは、ダメです。
たとえどんなに記憶を失おうと、ギル様への想《おも》いだけは渡しません。
わたしは砕け散ろうとする記憶の欠片《かけら》を拾い集めて抱きしめました。
自分を人間たらしめる思いを——この恋心を、守りたかったのです。
それからどれくらい経《た》ったでしょうか。
何もない空間に意識を保たせるわたしに限界が近づいています。

魂の摩耗とでもいうのか、わたしの意識はもう半分ほど暗闇に呑《の》まれています。

もう、自分の名前も思い出せません。友人たちの名前も――そんな人たちがいたかどうかも。

そばかす顔の女の子や縦ロールの女の子――名前は、なんでしたっけ……。

わたしは、誰でしたっけ……？

『……ズ』

なんでしょう？

暗闇ばかりの世界の中で、一筋の光がわたしに降り注ぎます。

あぁ、なんだか懐かしい声です。愛おしさすら感じます。

『ローズさん、戻ってきて！』

『早く戻ってきなさい、いつまで寝てらっしゃいますの⁉』

ローズ。あぁ、そうだ。それが、わたしの名前です。

どうしてわたしの名前を呼んでいるんでしょう。この人たちは、一体誰ですか？

『ローズ、起きろ』

力強い声。この声は………誰、でしたっけ。

思い出したいのに、思い出せません。

とても、大切な誰かだったと思うのですが……。

――ったく。惚《ほ》れた男を忘れるなんざ、オメェはほんとにしょうがねぇな。

え？

誰かが、後ろにいる気がします。

背中を押す誰かは得意げに、少年のように笑った気がしました。

――ほら、手ぇ貸してやるから。行けよ、ローズ。

あなたは。あなたは、確か――

『戻って来い、ローズ!!』

次の瞬間、わたしにまとわりつく暗闇が世界の片隅に追いやられました。

闇に囚《とら》われた身体《からだ》が誰かに押され、力強い光がわたしの存在を絡めとります。

あぁ、あぁ……!!

思い出しました。この声は。この声たちは。

推しのギル様、大好きなリネット様、意地っ張りなサーシャ。そして、
わたしは振り向きました。だけどそこにはもう誰も居なくて。身体が全部、光に呑まれて――

パチリ、と目を開きました。

目の前に推しのご尊顔が見えます。近すぎて唇が触れそうになるので、心臓に悪いです。

「ギル様のお顔が近くに……ここは、天国ですか……？」

「ローズ!!」

いきなりギル様に抱きしめられました。

ぎゅううっと、背中に回された手に力が入って、わたしの心臓は爆走を始めます。

「ローズ、よかった……本当に、よかった……！」

「あの、ギル様……？」

「痛いところはないか？　大丈夫か？　俺のことが分かるか？」

「ギル様、痛いです……」

「す、すまん」

ギル様が勢いよく離れると、他の人の顔も見えました。

「ローズさん……よかった、よかったぁ……」

「本当に、起きたのですね……よかった……」

ぽろぽろと涙を流して目元を拭っているのはそばかす顔の女性です。

続いてその隣にいるのは、同じように涙を流してる縦ロールの女性でした。

二人の顔には見覚えがあります。ありますけど……

「あの、リネット様と……サーシャ、ですよね……？」

「うん！」

「ええ、そうですわよ」

「なんだか、二人とも大人びてませんか……？」

そう、わたしの知る二人よりずいぶん成長されていたのです。

ギル様のほうはあんまり変わっていませんけど。

「あれから三年経ったから……」

三年。どうりで、大人びているはずです。

わたしは自分の身体を見下ろしました。

「わたしは……確かに死んだはず……ですよね？」

「うん、死んだ。死んだから、ローズさんの肉体を作り直したの」

リネット様が「大変だったんだよ？」と可愛《かわい》らしく笑いました。

最愛の推しとリネット様、サーシャが頑張ってくれた経緯を聞いてわたしは頭を下げました。

「ご苦労をおかけしました……ありがとう存じます」

まさか魔導核から記憶を取り出してわたしを呼び戻すなんて……

相変わらずギル様は天才ですね。

「礼なら、未来の俺に言え。君がいた未来の……というべきか」

「……はい？」

嘘《うそ》、まさか。『一度目』のギル様は、確かに死んで――

「生き延びていたんだ。しかし、王都に戻ったときにはすべて手遅れだった。未来の俺は今の俺たちと同じように君の復活を計画したが、魔導核から記憶を取り出す術を作るのに五十年の時を要した。既に細胞は劣化し、使い物にならない。だから、記憶を過去に転移させることにした」

わたしは目を見開きました。

「わたしが未来から戻ったのは――『一度目』のギル様の、おかげだったと……？」

「あぁ。奴《やつ》は自分の記憶も過去に飛ばそうとしたが、できなかった。君を飛ばした時点で、自分の記憶を取り出す負荷に耐えられない身体になっていたんだ。だから、録音装置を過去に送った――」

未来のギル様が、わたしの記憶を取り出す術式をギル様に伝えたようです。

尤《もっと》も、そこから改良して安全性を確保するのに、さらに二年の時を要したようですが。

「あの装置を君が捨てていなかったことが、運命の分かれ道だった」

わたしが特務小隊に来た初日に転んだ録音装置――

あれはリネット様が片付け忘れた訳じゃなく、『一度目』のギル様が過去に飛ばしたもの……。

「そう、ですか。『一度目』のギル様が」

わたしは瞼の裏に『一度目』の推しを思い浮かべ、内心でお礼を言いました。

そして、寂しそうに微笑《ほほえ》むサーシャに目を向けます。

「サーシャ。あなたにもお礼を」

「れ、礼など要りませんわ。わたくしは仲間として当然のことを――」

「ヘリオが、背中を押してくれました」

「え」

わたしが振り向いたときにはもういませんでしたけれど。

あれは間違いなくヘリオの声でした。彼が居なければ、わたしもどうなっていたことか。

「だから、ありがとう存じます。三年前……あなたとヘリオが力を尽くしてくれたから、わたしはこうして再び戻ることができました。本当に……感謝してもしきれません」

「ヘリオが……」サーシャはくしゃりと顔を歪《ゆが》め、微笑みました。

「あの馬鹿。わたくしの夢には現れないくせに。ほんっと、馬鹿なんですから……」

「今度、みんなで墓参りに行こう。あいつもきっと喜ぶ」

「ええ、そうですね……」

ギル様は膝をつき、わたしの手を取って、手の甲にキスをしました。

「なんにせよ……目覚めてくれて、本当によかった」

「そ、そそそ、そうですね」

わたしは思わず声が上ずってしまいます。

三年前のあのとき——もう死ぬからいいやって思って、色々ぶっちゃけたことを思い出したのです。

そしてギル様がわたしの想いに応えてくれたことも——

い、いや、でも！　さすがにこれは！

「ぎ、ギル様、その……恥ずかしいのですが」

「知らん。勝手に照れてろ。俺は三年も待ったんだ」

かぁああ、と顔が熱くなるわたしをギル様は笑います。

その顔が見たかったのだと言いたげです。こんな意地悪なところも変わりません。

あぁ。やっぱり好き！　大好き！　意地悪なギル様、無限に推せる！

内心で興奮するわたしをよそにギル様は笑います。

「もう二度と離さない。俺と共に生きろ、ローズ」

「それは……どういう意味で？」

ギル様のお顔が近づいて、わたしは目を閉じました。

直後に熱い唇が触れて、視界がチカチカするほどの幸せに襲われます。

隣の二人が息を呑む傍ら、ギル様は言います。

「君を愛している」

「ぁ……」

「これ以上に、意味が必要か？」

「……わたしで、いいんでしょうか」

「いいに決まっている。君じゃないとダメなんだ」

「わたしは……ホムンクルスです。あと何年生きられるかも……」

「あ、そのことなら大丈夫」

リネット様が笑いながら言いました。

「ローズさんの身体、普通の人間をベースに作り直したから。あと五十年は生きられるよ」

「五十年も」

「だから安心して、幸せになってね」

本当にもう、この人には頭が上がりませんね。

「ローズ、もう一度やり直そう。ゼロから。二人で」

「ギル様……」

「……まだ返事をもらってないんだが？」

心なしか拗《す》ねたようなギル様です。

ここ三年で、本当に感情豊かになられたようです。

ギル様は元から熱いお方ですから、お顔に出るようになったといったほうが正しいでしょうか。

もちろん、わたしの返事は決まっています。

「はい」

そう頷《うなず》いて、わたしはギル様を見つめました。

「わたしも、あなたと一緒に生きたいです」

ギル様が望んでくれるなら、もう一度やり直しましょう。

悪役を卒業して、聖女をやめて、一人の女の子として。

「だってわたし、ギル様が大好きですから」

わたしはようやく、心から笑えることができたのです。

「言っておきますけど、わたしの愛は重いですよ？」

「ふ。それは知ってる」

「生き返ったからには容赦しませんよ？」

ありったけの愛を込めて、ギル様に抱き付きました。

「わたし、もう我慢しませんから！　いっぱい愛してくださいね」

Kラノベブックスf

悪《あく》役《やく》聖《せい》女《じょ》のやり直《なお》し
～冤罪《えんざい》で処刑《しょけい》された聖女《せいじょ》は推《お》しの英雄《えいゆう》を救《すく》うために我慢《がまん》をやめます～

山夜《やまや》みい

2023年7月31日第1刷発行

発行者	森田浩章
発行所	株式会社 講談社 〒112-8001　東京都文京区音羽2-12-21
電　話	出版　(03)5395-3715 販売　(03)5395-3608 業務　(03)5395-3603
デザイン	フクシマナオ（ムシカゴグラフィクス）
本文データ制作	講談社デジタル製作
印刷所	株式会社KPSプロダクツ
製本所	株式会社フォーネット社

KODANSHA

ISBN978-4-06-532794-4　N.D.C.913　367p　19cm
定価はカバーに表示してあります

ファンレター、
作品のご感想を
お待ちしています。

あて先
〒112-8001　東京都文京区音羽2-12-21
(株) 講談社　ライトノベル出版部 気付
「山夜みい先生」係
「woonak先生」係

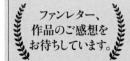